LE COFFRET

DE

SALOMÉ

NOUVELLE VÉNITIENNE

PAR

GUSTAVE TOUDOUZE

PARIS

E. DENTU, ÉDITEUR

LIBRAIRIE DE LA SOCIÉTÉ DES GENS DE LETTRES

Palais-Royal, 17 et 19, galerie d'Orléans

—

1877

LE

COFFRET DE SALOMÉ

NOUVELLE VÉNITIENNE

Tiré à un petit nombre d'exemplaires.

LE COFFRET

DE

SALOMÉ

NOUVELLE VÉNITIENNE

PAR

GUSTAVE TOUDOUZE

PARIS

E. DENTU, ÉDITEUR

LIBRAIRIE DE LA SOCIÉTÉ DES GENS DE LETTRES

Palais-Royal, 17 et 19, galerie d'Orléans

1877

i

LE

COFFRET DE SALOMÉ

I

ÉGAGÉ des brouillards du matin, le soleil, tombant d'aplomb sur les toits et les cheminées, achevait de fondre la gelée blanche laissée çà et là par une âpre nuit de décembre; les gouttelettes brillantes roulant jusqu'au bord des ardoises, de petites fumées impalpables montaient dans le ciel bleu, légères comme des haleines, fugitives comme de printanières vapeurs. Le froid était piquant; le vent, particulièrement aigre, cinglait les figures, empourprant outrageusement les nez et les joues. Tous les bruits sonnaient secs et clairs, claquements de fouets, jurons de cochers, imprécations d'individus transis et emmitouflés que les nécessités de la vie forçaient à sortir par une semblable température. Il faisait jour depuis longtemps, et les horloges une à une lançaient à travers les airs les douze coups de midi.

Cependant, au premier étage d'une coquette maison de la rue Laffitte, vers l'angle de la rue Rossini, les volets restaient hermétiquement fermés. Là demeurait Mme Jeanne de M..., jeune veuve fort admirée dans la haute société, sans que sa réputation eût jamais subi les atteintes du plus léger soupçon. On l'aimait, on la courtisait; mais personne ne pouvait dire

quelque chose de méchant sur son compte :
c'était une femme vertueuse.

Les volets étaient clos, et près de la jolie
veuve se tenait, dans la posture la plus
compromettante pour sa vertu, un peintre
fort connu, fort envié déjà, Robert Pannamère. Jeune, d'une beauté mâle et tendre
à la fois, il passait pour un des artistes les
plus ardents, les plus convaincus et les plus
enthousiastes de l'école moderne, un passionné de la couleur, du prisme magique
des lumières. De plus, incapable de trahir un secret d'amour, il se contentait de
jouir secrètement de son bonheur, oubliant
l'orgueil d'une aussi belle conquête que
Mme de M...

Ils avaient eu le voluptueux raffinement
de prolonger les heures enfiévrées de la
nuit, de continuer les ténèbres autour d'eux,
en dépit du soleil, en fermant volets et ri-
deaux de la façon la plus complète. Rien

1.

du dehors, ni le bruit ni le jour, n'arrivait jusqu'à eux ; ils restaient seuls avec leur ivresse charmante, seuls tous deux auprès de la petite table, éclairée par deux candélabres de cuivre poli, sur laquelle se trouvaient les restes d'un déjeuner.

La pièce où ils étaient tenait le milieu entre le boudoir et la salle à manger, n'offrant à l'œil, au toucher, que des lignes agréables, que des objets commodes ; les meubles en étaient doux, gracieux, confortablement capitonnés ; la table, guéridon ovale assez grand pour supporter toutes les pièces d'un déjeuner froid, d'une réconfortante collation d'amoureux, permettait toutefois de se toucher le pied ou le genou en causant, et de se serrer tendrement la main pour appuyer quelque parole d'amour.

Par une porte entr'ouverte, dans le bâillement d'une tenture persanne un peu rele-

vée, on entrevoyait une sorte de séduisant
réduit, mystérieusement éclairé par la clarté
douce d'une lampe d'albâtre : la chambre à
coucher.

Des amas de blancheurs et d'ombres
égaraient le regard, qui allait d'un objet à
un autre sans se fixer nulle part, se perdant
au milieu des bouillons de dentelles, des
transparences de mousseline, glissant sur
des surfaces luisantes de satin bleu clair.
Pas une dorure, pas une boiserie ne perçait
de sa ligne trop rude l'enchevêtrement des
broderies; on plongeait au milieu d'une
orgie de tissus, d'un dévergondage d'étoffes
riches, souples, moelleuses, destinées à
étouffer tous les bruits, à donner du mystère au plaisir, un appât de fruit défendu.
En entrant dans cette chambre, on devinait
des étouffements de bonheur caché; une
pléthore de jouissances et de voluptés
gonflait le cœur et le cerveau.

L'alcôve, baignée de cette lueur faible filtrée par l'albâtre, conservait une transparence laiteuse d'une exquise douceur ; des baisers y couraient sous les guipures et se blottissaient dans les amoncellements soyeux. La flamme s'affaissait peu à peu, lançant par moments un jet de feu, puis retombant après chaque effort un peu plus bas.

Rêveuse, accoudée sur la table, Jeanne jouait distraitement avec une carte de visite, sur laquelle un nom s'allongeait en lettres finement gravées, surmontées d'une couronne nobiliaire; ses yeux se perdaient devant elle, indécis, sans regards, et de couleurs changeantes, de sombres teintes, venaient en troubler le bleu limpide, le merveilleux azur, comme si le courant de ses pensées s'y fût par instants reflété.

Près d'elle, à moitié étendu sur un sofa,

Robert Pannamère tenait un livre et jetait de temps en temps un regard de tendresse à sa compagne. Il lisait à haute voix, donnant des frissons à ses accents, passant de la tonalité ordinaire à la tonalité basse et voilée, quand l'émotion lui serrait la gorge et lui écrasait la poitrine. S'enivrant de son propre bonheur, ne remarquant pas l'inquiétante distraction de la jeune femme, il ne voyait que sa beauté, que les épaisses torsades de cheveux blonds négligemment relevés et échappant à la morsure du peigne d'écaille, que la coupe charmante de ce visage blanc et rose, de cette chair où les lumières mettaient des nuances nacrées, de délicieuses colorations, des pourpres fugitives; que les lèvres humides, rouges, palpitantes de vie.

Continuant de lire, il arriva soudain à ce vers que sa bouche prononça avec un tremblement joyeux, avec une reconnais-

sance du cœur, du sang, de son être
entier :

Tout d'une folle nuit vous eût rendu certain.

Il s'était arrêté, montrant de la main la
chambre où la lampe suspendue lançait
des lueurs mourantes sur le fouillis révéla-
teur des étoffes.

« Jeanne! n'a-t-il pas raison ce poëte de
la jeunesse, cet enthousiaste de l'amour,
ce chantre de la volupté? Il me semble
revivre en ses vers, quand le souvenir de
nos joies me brûle le cerveau.

— C'est très-joli, très-joli! dit-elle machinalement en s'arrachant à sa rêverie.

— Dis donc admirable, merveilleux,
divin comme l'amour lui-même! »

Le jeune homme, se rapprochant de
Jeanne, lui prit la main et la posa sur ses
lèvres ; ses yeux brillaient, son souffle était
ardent, le cœur lui battait follement.

« Je t'aime, Jeanne! je t'aime de toute mon âme! Je n'avais jamais rêvé de bonheur plus complet, de plus grande ivresse, que ceux que je te dois. Aujourd'hui, souviens-toi, est l'anniversaire du jour où nous nous sommes connus, où mon cœur s'est donné à toi pour la vie, où je n'ai plus compris l'existence sans toi. Pour toi j'ai tout oublié, tout négligé, tout abandonné : j'avais des amis, je ne les connais plus pour mieux t'appartenir ; je me donnais entier et enthousiaste à la peinture, aux grands maîtres, à l'art ; je me donne à toi seule, Jeanne, à tes yeux charmants, à ton adorable bouche, et l'art n'est plus pour moi qu'un reflet de ton sourire, qu'un éclair de tes prunelles d'azur. Je suis heureux, délicieusement heureux, et je dois faire envie. Jeanne, ma Jeanne, m'aimes-tu ? »

Il avait doucement enveloppé la taille de la jeune femme de ses deux bras pour la mieux rapprocher de sa poitrine ; sa bouche effleurait les joues satinées de Jeanne, et il répétait, enivré :

« M'aimes-tu ? »

Ne regardant pas son amant, dont les yeux cherchaient les siens, sans répondre, sans même tourner la tête, elle lui tendit la carte armoriée :

— *Le comte de D.....* —

Robert ne comprenait rien au geste de sa maîtresse.

« Je ne connais pas ce monsieur, dit-il, interdit.

— Dans huit jours je serai Mme de D.... »

Robert n'avait ni prononcé un mot, ni laissé échapper une plainte. Il se leva droit, les mains au front, avec une épouvantable expression d'égarement ; ses lèvres, séchées subitement, devinrent livides : tout son corps tremblait. Le coup était tellement rude, tellement inattendu, tellement incroyable, qu'il lui avait semblé devenir soudainement fou.

Puis, par un brusque revirement, après cette torture de quelques secondes, après cette intraduisible souffrance, son front se rasséréna, ses yeux s'adoucirent malgré deux grosses larmes jaillies spontanément, et, presque riant, il dit à Jeanne, à cette femme adorée :

« Non, n'est-ce pas ? tu as voulu plaisan-ter; c'est une épreuve ? »

Sa voix tremblait, il était doux; ses mains, son corps, tout son être, encore écrasé, suppliaient; ses accents avaient quelque chose de la plainte d'un enfant. Il ne doutait même pas, se refusant à croire à une telle atrocité.

Jeanne ne répondit rien.

Elle évitait son regard, fuyait ses supplications; plus il se faisait humble, tendre,
soumis, plus il se montrait confiant, plus
elle restait dure, implacable. Un pli profond traversait son front blanc.

Il continuait avec douceur, ému prodigieusement, plein de larmes renfoncées,
sans colère encore. L'impassibilité de
sa maîtresse l'irritait pourtant peu à
peu.

« Mais, réponds-moi, je t'en prie, je t'en
conjure; tu vois que je souffre! »

La douleur, le désespoir, le saisirent
enfin brutalement à la gorge; la menace
jaillit de ses lèvres, de son cœur.

« Ah! je le veux; réponds-moi. Est-ce
vrai?

— C'est vrai! »

Ce fut tout. Il ne voulut ni avoir d'explications, ni lutter davantage; sa vie était
brisée. Portant la main à son cœur,

atterré, sans oser regarder cette femme qui le tuait d'un mot, il s'enfuit.

Dans les candélabres de cuivre les bougies mouraient, menaçant de faire éclater les fines bobèches; dans la chambre à coucher, la lampe s'éteignant, la nuit s'était faite soudain, et par les lames des persiennes de timides lueurs se glissaient, curieuses, s'enhardissant, comme pour connaître le drame enfoui dans ces ténèbres factices.

Jeanne resta seule.

Le claquement brutal de la porte la frappa au cœur; ses mains se crispèrent sur sa poitrine et des larmes roulèrent de ses yeux sur ses joues. Par terre, sur le tapis, la carte armoriée tranchait par sa blancheur dans le demi-jour ; elle la repoussa du pied, avec douleur.

« Malheureuse! j'ai tué mon bonheur! Je l'aimais, je l'aime encore. »

Puis, d'un geste brusque essuyant ses larmes, elle ramassa cette carte fatale, murmurant :

« C'est fait ! il le fallait ! »

II

Le coup avait été terrible : Robert faillit
en mourir et fut longtemps malade.

A peine rétabli, le corps aussi endolori
que l'âme, il s'éloigna de la ville où il ne
se sentait plus le courage de vivre avec un
souvenir aussi cruel, et partit pour l'Italie.
Il espérait, par l'étude assidue des chefs-
d'œuvre, par la vue des maîtres, par l'in-
cessant contact du beau sous ses formes
les plus variées, retremper son âme, raffer-

2.

mir son corps et trouver enfin l'oubli dans ce pays lumineux.

Avant de se fixer quelque part, comme il en avait l'intention, il employa une année à parcourir l'Italie, le plus souvent à pied, afin de ne rien perdre, de tout voir. Il vécut ainsi un peu partout, tantôt dans les villes, tantôt dans les villages les plus pauvres, se perdant dans les montagnes, s'égarant dans les plaines, et trouvant, grâce à cette intelligente manière de voyager, une perpétuelle distraction, un arrachement à ses pensées, à ses tristesses.

Naples, Rome, Florence, Pise, Bologne, il avait tout admiré; mais la ville qui l'attira de préférence à toutes les autres fut cette merveilleuse Venise, cette ancienne reine de l'Adriatique, qui déploie sur un coin de mer son précieux manteau semé de pierreries artistiques; Venise, ciselée à l'imitation des coffrets orientaux, à l'intérieur comme à l'extérieur ; Venise, qui arrête l'artiste devant chacun de ses monuments avant de lui livrer ses tableaux où la couleur le dispute à l'harmonie et au dessin, ses sanctuaires qui semblent vivre, ses palais aux rosaces de pierre, aux fins balcons, aux ogives élégantes amoureusement sculptées par un peuple de maîtres, ses autels sur lesquels flottent dans la fumée de l'encens, enlaçant la roideur des grandes croix d'or, les bannières de soie surmontées du croissant et les queues de cheval des émirs ; enfin, pour la peindre d'un mot, *Venezia la Bella!*

Robert la voyait pour la première fois.

Son émerveillement commença au moment où le chemin de fer, après avoir quitté la petite station de Mestre, s'engage sur l'étroite et longue chaussée qui relie la ville à la terre ferme.

Penché à la portière du vagon qui pa-

raissait rouler dans le vide, emporté à
toute vitesse, il regardait avec curiosité la
mer, une mer particulière, aux eaux de
moire à peine ridées d'un souffle de vent,
et sur laquelle glissaient ces gondoles noires dont la forme n'a jamais varié, dont
les dents d'acier jetaient un brillant éclair
au moindre mouvement du rameur. Peu à
peu il vit chaque dôme, chaque aiguille,
chaque campanile, émerger de la nappe
d'eau sur laquelle courait le train : c'était
Venise.

Durant les premiers jours il fut comme
un fou, passant ses journées en gondole,
allant d'église en église, de musée en musée,
pour sat sfaire sa curiosité, sa gourmandise
d'artiste affamé de beau. Tout l'étonnait,
l'éblouissait, le bouleversait : à Venise
c'est ainsi.

L'inattendu, le bizarre, traversaient tout
à coup ses rêves, et la réalité souvent l'em-

portait dans le pays du cauchemar. Particulièrement la basilique de Saint-Marc,
cette œuvre étrange et splendide, l'appelait
constamment ; il terminait fréquemment
ses promenades par une longue station
devant ses cinq porches, par une rêverie
absorbante sous ses dômes éblouissants.
Il y trouvait un plaisir mêlé d'une sorte de
mystérieuse terreur, comme s'il eût senti
peser sur lui les yeux de tous ces grands
saints de mosaïque, nimbés d'or : les ani-
maux de pierre avec leur étrangeté de
bêtes de l'Apocalypse, les versets gothiques
courant sur les fonds d'or, les pierreries
étincelant sous la lueur jaune de quelque
lampadaire turc, l'impressionnaient vivement. Et au-dessus de tous, Dieu le Père,
l'image gigantesque s'étalant à la voûte du
chœur avec son air glacial, sa face sévère
d'idole byzantine, d'icone impassible et
farouche, lui donnait une sorte de vision

des bûchers d'autrefois, des implacables vengeances de ce Jéhovah biblique. Parfois, seul au milieu de la grande ombre de l'église, alors que tout s'adoucissait dans une teinte générale, se noyant dans les nuances violettes et grisâtres, il avait tremblé devant cette féroce image du Tout-Puissant, dont les yeux blancs s'agrandissaient, dont le corps se perdait dans des proportions incommensurables, planant au-dessus de lui.

Refusant l'office des *ciceroni* bavards et mendiants, Robert jugeait plus amusant d'aller au hasard à travers la ville, de s'égarer dans les dédales de Venise; il se ménageait de cette façon les délicates surprises, les plaisirs inattendus que chaque coin de rue, chaque détour de lagune, réservent à l'artiste. C'était une jouissance pour lui d'aller, perdu et désœuvré en apparence, tout aux enivrements de l'esprit, s'arrêtant

devant un portail d'église, s'extasiant devant un palais rongé de vétusté.

Il ne ressentait ni lassitude, ni ennui,
marchant sans fatigue, regardant sans satiété, trouvant autour de lui tout souple et
doux à l'œil comme au toucher, rien de
choquant ni de dur. Mais aussi ce qui donne
aux monuments de Venise cette souplesse,
cette douceur, c'est que rien n'est droit dans
cette ville bâtie sur pilotis, soumise au tas-
sement des pieux, à leur insensible et inégal
enfoncement dans la vase des lagunes. Pas
un édifice n'a d'arêtes trop aiguës, pas un
campanile n'est d'équerre avec le sol tourmenté par la secrète influence des marées,
par le mouvement des flux et reflux de
l'Adriatique.

Cependant tout saisissait le jeune peintre,
l'empoignant avec une irrésistible et volup-
tueuse mollesse. Cet art, sous ses formes
les plus attrayantes et les plus diverses,

l'enveloppait comme une amoureuse maîtresse, le tenant dans la puissance de ses
bras ronds et caressants, lui mettant par
cette folle étreinte ses beautés dans la chair,
son souffle de flamme passionnée sur les
lèvres.

Sous cette impression de chaque jour,
de chaque instant, Robert Pannamère vit
son chagrin s'amoindrir, presque s'effacer,
cédant à son fiévreux enthousiasme, à son
incessante admiration, à la magie du spectacle mis sous ses yeux. Le visage de Jeanne
s'enveloppait pour lui d'ombres plus épaisses; ses traits devenaient moins distincts;
son souvenir venait plus rarement frapper
son cœur endolori.

En voyant Venise de près, l'ayant tant
entendue vanter, il avait craint un instant
de perdre une illusion, de se trouver désen-
chanté : ce fut le contraire. Venise dépas-
sait encore tout ce qu'il avait pu rêver

d'étrange, de tourmenté, de beau, de cos-
mopolite.

Dans ses promenades à l'aventure, il put
se croire tour à tour à Naples, en suivant
cette rue qui prolonge le Rialto, avec ses
boutiques dont les fruits s'écroulent sur les
dalles jusque sous les pieds des passants,
ses amas de tomates, de courges vertes et
de grenades, ses marchands criards, ses
toiles de couleur en forme d'auvents et ses
guirlandes de feuillage; à Constantinople,
en face de Saint-Marc, et à Bagdad, capi-
tale des *Mille et une Nuits,* devant la muraille blanche et rose, les ogives orientales
et les arabesques du palais des doges.

Cette existence devint pour lui une sorte
de vie contemplative. Il n'avait qu'à s'asseoir quelque part et à regarder devant lui
pour se heurter à un chef-d'œuvre: sculpture de talent, chapiteau fouillé par le
ciseau d'un maître, édifice honorant l'ar-

chitecture et désolant les architectes, mosaïques dont les couleurs sont aussi inimi-
tables que le ton des vieilles potiches
chinoises ou japonaises, persanes ou in-
diennes. Il respirait le beau à pleins poumons, à franches gorgées, se grisant de
merveilleux.

Le matin, il déjeunait au café des *Quadri*,
sur la place Saint-Marc, et parfois des
nuées de pigeons gris, bien portants et
familiers, venaient partager les miettes de
son repas. Dans la journée, il se promenait,
et à toute heure àdmirait.

Le soir, pour se reposer, il allait s'asseoir
au *Giardino Reale,* sur le môle, tout près
du Grand Canal, regardant passer les gondoles chargées de lanternes de couleur et
de musiciens; ou bien, prenant une glace
au café Florian et écoutant la musique mi-
litaire qui joue au centre de la *Piazza,* il
contemplait la façade de Saint-Marc.

La lune faisait courir sa lueur d'argent sur le féerique édifice, découpant les ogives de tournure arabe, noyant d'ombre le creux des porches, arrachant de lumineux petillements aux mosaïques sur fond d'or, semant de fantastiques luisants les saillies des colonnes cannelées, des chapiteaux ouvragés et des portes travaillées comme des bijoux. De grandes plaques blafardes s'arrondissaient sur les cinq coupoles lamées de plomb qui surmontent, en compagnie d'une foule de clochetons, cette église, émule de Sainte-Sophie, ce temple élevé pour glorifier le Christ, pour célébrer saint Marc, avec les propres matériaux enlevés à l'Orient, les richesses pillées par les galères vénitiennes chez les sectateurs de Mahomet.

Quand il connut la ville à fond, quand il eut tout visité, musées, églises, galeries particulières, il commença à travailler, fai-

sant des esquisses d'après les maîtres,
crayonnant des silhouettes de rues, des
coins de maisons, des bouts de lagune, des
têtes bronzées de barcarols et de gondoliers.
Mais il cherchait surtout un sujet de tableau, quelque chose d'important à quoi il
pût se donner tout entier : il voulait revenir à Paris avec honneur, montrer
qu'il n'avait perdu ni son talent ni son
temps.

Comme il lui faudrait sans doute rester
au moins un an à Venise pour terminer
complétement l'œuvre qu'il méditait, il
avait tout lieu de penser qu'alors il aurait
sinon tout à fait dominé son chagrin, du
moins beaucoup diminué l'amertume de
sa douleur.

Le temps, l'éloignement, usaient peu à
peu les aspérités qui lui avaient si cruellement déchiré le cœur; ses pensées, pleines
d'angoisse encore quand il songeait à cet

amour brisé, le rendaient mélancolique sans le jeter, comme pendant les premiers mois, dans les furieux accès de désespoir où il croyait perdre la raison.

Il faillit cependant, à cette époque, ne jamais revoir la France; il serait même mort sans regrets, sa désespérance d'amour toute saignante au cœur.

On était à la fin du mois d'août. La chaleur excessive, la réverbération du soleil dans l'eau, la lourdeur méphitique de l'air, rendaient le séjour de Venise presque insupportable : une sorte de malaise général pesait sur la ville. Un soir, Robert rentra chez lui trempé de sueur; il revenait du Lido. Pendant la traversée, un frisson le prit, ses dents claquaient. Une heure après il se tordait sur son lit avec des gémissements et des cris, se croyant empoisonné et se tenant à deux mains l'estomac. Le médecin appelé pour le soi-

3.

gner ne lui cacha ni la nature du mal, ni la gravité de son état : c'était le choléra. Un des premiers, au moment où l'épidémie fondait sur Venise, il en subissait les atteintes. Les secours, donnés à temps, neutralisèrent la violence du mal. Grâce à une médicamentation énergique, grâce surtout au zèle du médecin, au bout de deux jours le jeune peintre se retrouvait debout, pâle, affaibli, encore tout baigné des sueurs de l'agonie, mais sauvé.

Le choléra faisait de terribles ravages dans la ville, affreux spectacle, contrastant avec un soleil éblouissant et un ciel d'un bleu profond, intense, sur lequel se détachaient vivement colorés les campaniles et les maisons qui ont fait donner par un poëte le surnom de *la rouge* à Venise. A chaque instant le son d'une clochette se faisait entendre ; les gondoles funèbres, drapées de rouge, se suivaient, portant de

lourdes charges de cercueils placés en pyramides et allant vers la petite île *San
Michiele,* cimetière des chrétiens.

Jour et nuit le jeune homme entendait
passer sous ses fenêtres le sinistre cortége.
Le tintement grêle et maigre traversait la
pureté de l'air, se rapprochait insensiblement, puis diminuait et finissait par s'é-
teindre.

De formidables orages s'abattirent sur
la contrée ; de gros nuages cuivrés couraient au-dessus de la ville ; les éclairs lui-
saient sans interruption et les averses
tombaient, fouettant bruyamment les
grandes dalles brûlantes. Ce fut la fin du
fléau : il disparut emporté dans les flancs
de la tempête, et la tranquillité rentra dans
Venise.

Le médecin qui avait soigné Robert
lui avait vainement conseillé de quitter
Venise pour se rétablir complétement ; le

jeune peintre refusa de s'éloigner même momentanément, car son imagination venait, au moment même où le mal le frappait, de lui fournir le sujet de tableau si longtemps cherché.

Salomé dansant devant Hérode, telle était l'esquisse fort originale que son cerveau avait tracée avant qu'il n'eût seulement indiqué une figure sur la toile. Dès qu'il put saisir ses pinceaux, il ébaucha à grands traits son idée ; mais, pour bien rendre ce qu'il voulait, il lui fallait entièrement peindre sur place, s'inspirer de la chaleur des maîtres, de leur riche palette et de la pure lumière qui, tombant du ciel d'Italie, baigne les palais de marbre, les eaux d'azur et les maisons rouges de Venise. Quitter le pays, c'était tuer son tableau dans l'œuf, étouffer sa pensée : il resta.

Son logement n'étant pas suffisant,

Robert en chercha un plus convenable, où il pût s'installer pour une année au moins. A force de recherches il finit par découvrir sur le Grand Canal une magnifique installation, un ancien palais, l'un des plus charmants et des plus merveilleusement ornés de tous ceux qui forment comme les bijoux de l'écrin de Venise. En arrivant devant ce palais, dont les fenêtres étaient closes et l'aspect désert, le peintre, saisi d'admiration à la vue de ce chef-d'œuvre de goût, avait eu la curiosité de le visiter. On lui proposa immédiatement de le louer, et même de l'acheter. Il le loua pour un an.

On entrait par un escalier de marbre dont les marches, usées par les siècles, baignaient dans l'eau de la lagune; à côté de la petite porte basse, ogivale, trois poteaux d'amarre aux raies blanches et rouges sortaient du Canal, gardant encore la trace des lanternes armoriées et des écussons qui s'y accrochaient du temps des anciens possesseurs.

Le rez-de-chaussée n'avait rien de remarquable. Une grande salle nue, délabrée, que personne ne paraissait avoir habitée, où l'humidité laissait aux murs des moisissures verdâtres, où le salpêtre couvrait de sa mousse la blancheur du plâtre, et dont les dalles disjointes semblaient soulevées par les vagues, offrait un spectacle misérable et désolé, malgré la suite de bustes incrustés dans la muraille et le pavage de marbre rouge.

Mais au premier étage, au sortir d'un escalier noir et étroit, on se trouvait tout à coup dans une pièce magnifiquement ornée de colonnes de porphyre soutenant les caissons anciennement peints et dorés du plafond. Deux fenêtres ogivales, de ce oli style gothique arabe aux dentelles de pierre, laissaient pénétrer la pleine lumière et jetaient des reflets sur le dallage, qui formait une mosaïque d'un ton harmonieux sous les pieds. Un balcon aux rosaces découpées comme à l'emporte-pièce enroulait sa magnifique ornementation arabe sous une rampe de pierre finement évidée, et, surplombant le canal devant ces deux fenêtres, permettait d'y respirer le frais après le coucher du soleil, si l'on ne craignait pas la désagréable morsure des moustiques ou zanzares.

Le second étage, composé de deux pièces plus petites, dont l'une devint la chambre à coucher de Robert, avait la répétition des deux fenêtres en ogive dentelée et ouvragée, mais sans balcon pour les relier. Le toit se terminait par un acrotère et des trèfles de la plus délicieuse silhouette, surmontés de symboliques têtes de lion.

C'était un des palais non restaurés et

presque en ruine dont abonde Venise;
malgré les nombreux inconvénients atta-
chés à sa haute antiquité, il parut parfaite-
ment habitable au jeune peintre, qui fit de
la grande pièce du premier étage un
superbe atelier. Il y entassa les objets
curieux qu'il avait récoltés çà et là dans
son voyage à travers l'Italie, et augmenta
encore ses richesses artistiques en visitant
tous les brocanteurs et tous les marchands
de curiosités de Venise. Sur les dalles, sur
les meubles, s'étalèrent les aiguières élégantes, les plats de cuivre aux ornements
repoussés, les tapis arrachés à la rapacité
de quelque juif ou même de quelque
sacristain peu scrupuleux, dépouillant son
église d'un trophée musulman au profit du
peintre.

Robert s'était ainsi créé un délicieux
chez lui à Venise, un intérieur extrême-
ment original, où il pouvait s'isoler de

toute pensée sombre ou triste, grâce aux
séductions de l'art. Quand, après avoir
travaillé dehors, dans les musées ou en
plein air, il revenait dans son palais, il
trouvait, assis dans un fauteuil ou couché
sur son divan, à reposer autour de lui ses
yeux sur des formes artistiques, sur d'harmonieuses et brillantes couleurs.

Ce fut là qu'il commença son tableau,
s'absorbant dans cette œuvre, la laissant
parfois sans y toucher pendant des se-
maines entières pour aller se retremper
soit à l'Académie des beaux-arts, soit au
Palais ducal, soit à Saint-Marc, cherchant
partout des idées nouvelles, de l'originali-
lité, et en rencontrant à chaque pas dans
cette ville enchanteresse.

Le souvenir de Paris s'effaçait graduel-
lement, s'estompant peu à peu dans les
brumes du passé, disparaissant devant les
merveilles qui lui éblouissaient chaque jour

4

les yeux. Il souffrait encore parfois, dans certaines heures de solitude, lorsque malgré lui ses pensées le reportaient en arrière et que son cœur se rouvrait aux ivresses du passé ; mais sa douleur devenait plus douce, plus mélancolique : le beau ciel de Venise lui rassérénait l'âme, apaisant ces derniers et involontaires battements de son cœur. Le travail commençait enfin à vaincre la douleur ; Jeanne disparaissait derrière Salomé, la réalité cruelle étant remplacée par le rêve de gloire et d'avenir.

III

Quand il avait laborieusement passé une partie de sa journée à copier quelque morceau d'un Véronèse, d'un Titien, d'un Giorgione, cherchant à se pénétrer du secret de leur palette, de cette diversité de talent, de ce rayonnement de génie, Robert Pannamère sortait lentement de l'Académie des beaux-arts.

Les yeux encore tout ensoleillés de la couleur des chefs-d'œuvre, le cerveau écrasé

sous la puissance des maîtres, il emportait dans son souvenir la noblesse et l'élégance de tournure des seigneurs vêtus de
brocart, habillés de satin ; il sentait peser
sur tout son corps les regards de ces femmes
aux chairs blondes, aux gorges puissantes
teintées de rose, aux admirables chevelures
dorées. A force de contemplation et d'enthousiasme, ces personnages lui semblaient
parfois se détacher de la toile, sortir du
cadre pour venir à lui.

D'autres fois sa chair se révoltait contre
la chasteté à laquelle il la soumettait aus-
tèrement depuis son malheur. A certains
jours, à certaines heures, lorsque le soleil
lançait des rayons plus obliques à travers
les fenêtres ou les vitrages, lorsque les angles des longues salles s'emplissaient de
transparentes ténèbres, il avait eu des
illusions de volupté, de poignantes tenta-
tions, des fantasmagories, en face de quel-

ques tableaux frappés par cette lumière vivifiante. Un tressaillement étrange l'avait saisi : les yeux à moitié clos, dans un état qui tenait de la rêverie, du rêve, ses lèvres avaient eu l'âcre et mordante sensation d'un baiser, la brûlure sensuelle d'une bouche vermeille de courtisane de l'ancienne Venise, d'une contemporaine des grands peintres et des hautains patriciens. Aussi, dominé, enivré, venait-il souvent s'abîmer dans ces songes délicieux, oubliant sa palette, ses pinceaux, oubliant le passé, oubliant tout, pour noyer ses yeux dans ceux des femmes de ces radieuses époques.

Il s'arrachait toujours avec peine à ces jouissances d'artiste et de rêveur, et l'heure du départ le surprenait péniblement.

Quatre heures sonnaient à quelque église voisine. Les salles de l'Académie se vidaient peu à peu ; les visiteurs, en costume de voyage, la lorgnette en sautoir dans l'étui de maroquin noir, le livret à la main, quittaient les salles un à un ; les travailleurs partaient, après avoir rangé leurs toiles, leurs brosses et leurs chevalets. Impassibles, les gardiens en casquette aux armes royales fermaient les portes avec un grand tapage de clefs.

Robert sortait le dernier, échangeant un salut muet avec ses tableaux préférés à mesure qu'il arrivait devant eux, souriant à l'*Assomption* du Titien, donnant un dernier coup d'œil au *Miracle de saint Marc* du Tintoret, s'attardant, avec les indécisions d'un amant reculant son départ, devant les Bonifazio, les Carpaccio, les Jean Bellin, et s'appliquant toujours à voir en dernier lieu quelque brillant Véronèse, son favori, son maître le plus admiré.

Une fois au grand air, gardant comme

un étourdissement de ce qu'il avait vu, il traversait machinalement le pont de fer jeté sur le Grand Canal, payait le péage d'un centime, et s'enfonçait dans les ruelles baignées d'ombre, à la recherche des vieux quartiers de Venise, des maisons pittoresques qui trempent leur pied dans l'eau sombre d'une étroite lagune. Il lui fallait alors, pour retrouver son chemin, (car il s'égarait sans cesse dans ces promenades à l'aventure), arrêter une gondole au passage et se faire déposer à la Piazzetta, près des deux fameuses colonnes surmontées du lion de saint Marc et du saint Georges sur son crocodile.

Un jour, après avoir quitté l'Académie, pris le pont de fer et traversé, selon son habitude, le *Campo San Stefano,* tout inondé de soleil, il était arrivé de détours en détours en face d'un canal sombre et noir dont l'eau passait avec une sorte de

calme sinistre sous le vieux pont d'une
seule arche qui l'enjambait pesamment.
Sans savoir ce qu'il faisait, machinalement,
il descendit quelques marches conduisant
à la lagune, et s'assit là, pensif, au sein de
l'ombre, ne regardant pas autour de lui,
revoyant seulement devant ses yeux le mi-
roitement d'étoffes et de tentures d'un tableau qui l'avait frappé.

Cette obscurité où il s'était subitement
plongé au sortir des ruelles étouffantes et
des ardeurs du soleil le reposait ; non-
chalant, il s'abandonnait à cette volupté
de quiétude et de fraîcheur. En face de lui,
à deux mètres à peine, les maisons en-
crassées, suant la misère et la moisissure,
plongeaient dans l'eau verte, gluante,
chargée de débris de courges que le courant emportait lentement sous l'arche ténébreuse du pont. L'artiste, ne voyant rien
de ces hideurs qui l'entouraient, s'aban-

donnait toujours à ses rêves de soie, d'or
et de lumière.

Un cri, au milieu du silence régnant en
cet endroit, lui fit soudain lever la tête et
remarquer l'aspect misérable du coin où il
était assis :

« *Gondola, signor?* »

Un gondolier lui proposait son embarcation.

Élégante, fine, d'une courbe charmante,
elle tranchait par sa grâce, dans ce recoin
obscur, comme une jeune fille au milieu de
vieilles édentées et déguenillées ; son fer,
soigneusement poli, tout orné de cise-
lures, tout damasquiné, jetait un éclair
dans l'ombre ; ses cuivres étincelaient, et,
au lieu du lourd *felze* couvert de drap
noir, un léger tendelet rayé de couleurs
vives s'élevait au-dessus du banc.

Robert fut arraché à ses pensées par
cette apparition, qui traversa son rêve

comme un rayon de soleil ; puis, une nouvelle idée naissant soudain, par un caprice
bizarre, du chaos de son esprit, il songea
à son tableau, à certains objets dont il
avait besoin pour le compléter, et la vue
de ces vieilles maisons affaissées sur elles-
mêmes le fit souvenir qu'il ne connaissait
pas encore le quartier juif à Venise. Là
peut-être il trouverait des détails curieux,
de précieux renseignements.

Il sauta dans la gondole, s'étendit sur
les coussins de cuir qui garnissaient les
bancs, et cria à son conducteur :

« Au *Ghetto!* »

La barque, vigoureusement poussée par
les habiles coups de rame du gondolier,
glissa sur les eaux de la lagune, tournant
les nombreux coudes faits par elle, passant
comme une flèche au milieu des embar-
cations venant en sens contraire. Ils arri-

vèrent dans le Grand Canal, en face même
du palais Foscari.

Le vent, s'engouffrant sous la toile légère, caressait le front du peintre, tandis
qu'appuyé sur un coude, à moitié allongé
dans la gondole qui fendait les eaux du
Canal, il jetait alternativement les yeux à
droite et à gauche pour admirer les palais
qui bordent ce boulevard de Venise, palais
qu'il avait si souvent contemplés avec le
même enthousiasme.

Successivement passèrent devant ses
yeux les palais Mocenigo, Pisani, Barba-
rigo, Grimani et Manin, avant le pont du
Rialto; puis ensuite la Çà d'Oro, Pesaro,
Vendramin Calergi, Correr, autant de noms
célèbres, autant d'harmonieuses syllabes,
que le gondolier ne manquait pas de prononcer, en arrivant devant eux, avec
son obséquiosité d'Italien vantant les
beautés de son pays, brutalisant les lé-

gendes, violant impitoyablement l'histoire,
mais laissant percer son envie du double
pourboire, de la conséquente *buona mano*.

Sans l'écouter, Robert admirait de toute
son âme, avec ardeur, allant des colon-
nettes, des ogives arabes et des trèfles au
style Renaissance, aux élégances bysan-
tines, aux enroulements plus lourds des
derniers siècles; il mettait autant de souvenirs au fronton de ces patriciennes de-
meures, replaçant par la pensée des figures
connues sur les degrés de marbre, en ima-
ginant d'autres penchées aux balcons de
pierre travaillés comme des dentelles.
C'était l'éblouissement de l'opulente Venise d'autrefois, avec ses vêtements de
fête, ses robes de pourpre, ses satins traînant sur l'eau : une magie d'étoffes revivait
pour lui dans l'ouverture de ces fenêtres
maintenant vides pour la plupart. Le soleil, donnant un baiser frisant à ces marbres

de couleur, harmonisait leurs tons divers, découpait les rosaces et trouait de lumières semblables à des flèches d'or les moindres accidents de toute cette architecture bysantine, lombarde, orientale ou gothique.

Tout cela disparut emporté soudain. La gondole, quittant le Grand Canal, tournait dans le Canareggio. Après le palais Labia et les quais Labienta, ils passèrent sous le *Ponte di Canareggio,* et s'arrêtèrent en face des *fondamenta Venier*. On était au Ghetto.

Robert mit pied à terre devant la porte du *Ghetto vecchio,* petite, basse, arrondie du haut et semblable à une bouche d'égout; il crut même, tellement la répugnance qui le saisit fut puissante, voir sortir de cette ouverture de malsaines émanations, des vapeurs putrides. De là sans doute s'était échappée la peste qui tua le Titien.

5

Cependant, malgré cette instinctive horreur, Robert Pannamère n'hésita pas un instant à s'engager dans ce quartier, qui lui était encore inconnu. Son âme d'artiste le portait à admirer ce spectacle de désolation qui eût fait fuir un honnête bourgeois ou un dévot fanatique; il se sentait attiré par le pittoresque des haillons accrochés à des perches, suspendus en travers des ruelles, dessinant dans l'ombre des formes fantastiques. Il entra sous le sombre porche.

Ce fut le passage soudain de la richesse à la misère la plus profonde, la plus étalée, du beau au laid, de la vie à la mort. Rien ne remuait dans ce quartier désolé; çà et là seulement grouillait un paquet de loques. Plus de coquetterie, d'élégants palais ni de ruelles aux dalles propres et régulières: tout y respirait la honte, la saleté sordide, le vice.

Rien qu'à voir ces hautes maisons man-
gées de dartres affreuses, éraillées d'inson-
dables lézardes, maculées d'ignobles taches,
avec leurs volets couleur de sang, on
pressentait une population lépreuse, ram-
pante et peureuse, une de ces sectes mises
à l'index, comme cela existe encore en
Italie, en Espagne, dans tout pays à peine
délivré des terreurs de la très-sainte et
très-redoutable Inquisition.

Sous la porte d'entrée, le jeune peintre
avait aperçu un groupe ou deux de vieilles
femmes au teint hideux, à la peau écailleuse
et jaune, aux yeux cerclés de teintes de
charbon; d'hommes à l'aspect minable,
d'enfants vieux avant l'âge, placés là sans
doute pour épouvanter les téméraires. Une
fois ce premier pas franchi, la solitude se
faisait.

Personne n'était dehors dans la ruelle
droite, conduisant à l'antique synagogue;

mais derrière les volets rouges, dans l'en-
tre-bâillement des portes, Robert devinait
des silhouettes humaines. Des profils
accentués, des nez crochus et des mentons
recourbés passaient soudain, laissant leur
ombre sur un mur ; des yeux noirs aux
larges prunelles, aux paupières épaisses et
bistrées, aux douceurs de gazelle, faisaient
tomber leur rayon velouté de quelque jalousie aux lames écartées par un doigt fin
orné de bagues, de quelque store mystérieusement soulevé, permettant d'entre-
voir le poli d'un bras nu sortant d'une
large manche. Il ne faisait point un pas
dans ce dédale de ruelles puantes et toujours boueuses, malgré le soleil, sans se
sentir sous une surveillance occulte, mystérieuse, qui cherchait à savoir le but de sa
promenade solitaire dans ce quartier rarement fréquenté des voyageurs.

Le peintre se préoccupait peu de ce

qu'on pensait de lui. Il allait et venait, toujours flânant, toujours regardant autour de lui avec cette apparente nonchalance de l'artiste, dont l'œil observe presque sans qu'il s'en aperçoive, dont le cerveau s'enrichit presque sans qu'il s'en rende compte. Par moments il s'arrêtait même pour prendre un bout de croquis sur un album, pour admirer et graver dans sa mémoire une silhouette de maison, un effet de lumière, un canal curieux. Il vit en une heure le *Ghetto vecchio* et le *Ghetto nuovo,* et, après maints détours, se retrouva sur la place du nouveau Ghetto, aussi misérable que l'ancien, avec ses fontaines et son aspect désert.

Comme il reprenait le chemin du Canareggio, une boutique enfouie dans le sol, et qu'il n'avait d'abord pas remarquée, attira son attention, éveillant sa curiosité.

Des vitres crasseuses permettaient vaguement d'apercevoir des quantités d'objets entassés derrière elles, pots de grès et de verre, plats de cuivre, tout un bric-à-brac. Par la porte entr'ouverte on distinguait confusément un fouillis d'étoffes à grands ramages, étalées sur des escabeaux gothiques, empilées sur des meubles et se perdant dans les ténèbres de la pièce.

La porte elle-même méritait d'être regardée.

Absolument bardée de fer comme un chevalier du moyen âge, elle se dressait énorme, massive, avec des clous à large tête s'écrasant sur de grosses ferrures ouvragées ; au centre de ce formidable appareil de défense, un judas treillissé en double, mobile sur d'épaisses charnières, ouvrait un œil inquiet, qui était la visière baissée de cette armure.

Il faisait grand jour encore : aussi bâillait-elle un peu, montrant un système

compliqué de verrous et de barres qui
servaient à la consolider une fois fermée.

Robert resta émerveillé devant cette
porte de chêne, sale, barbouillée d'ordure
et de crasse, mais d'une solidité à toute
épreuve, servant à protéger une aussi laide
et aussi pauvre boutique. Son étonnement cessa quand il se souvint de l'endroit où il se trouvait ; il songea aux
grossièretés de l'enveloppe du diamant, à
son apparence trompeuse, à sa gangue in-
colore, et se rappela tout ce qu'il avait en-
tendu dire des juifs, de leur vieille habitude de déguiser leurs richesses sous le
voile de la misère, de les éteindre sous
l'horreur de la saleté. Cela remontait aux
temps des persécutions, à l'époque des
rançonnements, des pillages, des auto-
da-fé, et se continuait par la force de la
tradition. Ces griffes tendues à l'aumône

maniaient l'or, les pierreries, les bijoux ;
ces haillons s'échangeaient secrètement
dans quelque pièce retirée, dans un mystérieux sanctuaire, contre des vêtements tissés
de soie. Il le savait.

Il aperçut une inscription à moitié
effacée, peinte en larges lettres sur la
façade, mais sans pouvoir en lire autre
chose que ce mot : *Hérode*.

Le reste, écrit en hébreu, restait indé-
chiffrable pour lui. Tenté par l'aspect de
cette boutique, par ce nom extraordinaire,
il frappa résolûment à la porte bardée de
fer.

Une toux sèche, étouffée dans le creux
de la main, se fit entendre aussitôt ; des
sandales de cuir froissèrent la terre battue
qui formait le sol de la boutique, et la
porte, s'ouvrant complétement, livra passage à un petit vieillard vêtu d'une longue
et large houppelande d'un brun jaunâtre,

serrée aux reins par une ceinture de cuir.
Robert crut se trouver en présence de
quelque vieil alchimiste de Rembrandt.

Il cligna des yeux, effarouché sans doute
par le brusque passage de l'obscurité au
plein jour, à la lumière blanche plaquant
ses tons crus sur les murs voisins, et,
raffermissant sur la saillie osseuse de son
nez de larges lunettes cerclées de corne,
examina son visiteur.

Enchanté de sa tête curieuse, de son
costume effrangé, de son air de vieux juif du
moyen âge, conservé intact pour mieux tenir sa place dans le milieu hétéroclite qu'il
habitait, Robert le regardait sans dire un
mot, avec ce ravissement muet et ému de
l'artiste en face d'un beau modèle, en présence d'un objet d'art. Rien n'était pittoresque comme le haillon graisseux du juif,
comme le lambeau d'étoffe qui coiffait ses
cheveux gris, dont quelques mèches pau-

vres, de couleur sale, traînaient sur le collet de sa houppelande.

Déjà le vieillard, ne comprenant pas le silence du jeune homme ni son immobilité, posait sa main aux doigts secs sur la serrure pour se mettre sous la protection de sa lourde porte, tandis qu'une expression de défiance et de crainte, couvrant tout son visage de profonds petits plis, mettait un tremblement dans ses sourcils, lorsque Robert, s'arrachant à sa soudaine admiration, se décida à parler.

Il lui demanda s'il n'avait pas quelque chose de curieux, de rare, à lui faire voir, manifestant en même temps l'intention d'acheter des bibelots, des étoffes.

A mesure qu'il parlait, la figure du juif se rassérénait. L'idée du négoce lui remuait doucement le cœur, faisant courir un joyeux frisson sur sa peau parcheminée, donnant un rayonnement de vie à ses traits morts. Son œil, éteint sous les verres de ses lunettes, eut un éclair. Brusquement, ouvrant la porte, il dit au peintre d'entrer.

Heureusement celui-ci, familiarisé avec le dialecte vénitien, pouvait suivre une longue conversation, comprenant ces mots qui se succèdent brièvement et s'élident sans cesse dans la bouche de l'habitant des lagunes. Cela lui permettait de discuter les prix, de marchander, et surtout de ne pas trop se laisser tromper.

Ayant suivi le marchand au milieu de la boutique, il ne put distinguer qu'un amas de meubles, de tapis, d'objets confusément entassés, cachés sous une poussière épaisse encrassant les ornements, les reliefs des lampes de cuivre, couvrant d'une teinte grise et terne presque uniforme le velouté et le soyeux des étoffes, blémissant le poli des métaux, adoucissant l'éclat des damas, des lampas brochés d'or et d'argent. Tout

cela paraissait n'avoir pas été dérangé depuis des années, et le soleil, entrant par la
porte ouverte, faisait l'effet d'un intrus non
invité, reçu froidement, avec défiance.
Robert, en. lui-même, songeant aux sé-
pulcres blanchis dont parlent les livres
saints, appliquait mentalement cette expression à ce Capharnaüm d'une couleur
morte, d'une sépulcrale lividité, sous son
revêtement de poussière blanche.

Toutefois, après avoir vainement re-
gardé autour de lui, fureté dans les coins
sombres, noirci ses mains et sali ses vêtements, il ne découvrit rien de fort remarquable, rien de ce qu'il croyait trouver là.
Comme chez les autres brocanteurs, il y
avait quelques beaux tapis, quelques
lampes d'église d'une assez jolie forme,
puis une profusion de plats de cuivre,
d'étoffes fanées et de meubles en mauvais

état; mais le jeune homme avait vu mille choses plus belles chez les riches marchands du Grand Canal, Vincenzo Favenza, Giuseppe Nani, Rietti, Guggenheim, ces célébrités commerciales, ces musées de la vieille Venise.

Découragé par cette visite inutile, il allait se retirer en s'excusant, lorsque près d'une porte, sur une crédence vermoulue, un petit coffret de marqueterie, à moitié caché sous un lambeau de soie pourpre, appela ses regards. Il s'en approcha : les dessins étaient d'un goût merveilleux.

Le juif suivait ses mouvements avec une étrange curiosité. Lorsqu'il vit le jeune homme arrêté devant ce dernier objet, un sourire courba son nez, plissa ses lèvres et fit petiller ses yeux sous la lourdeur des paupières.

« Ah! ah! vous vous y connaissez, *Signor*. Ceci est ma pièce principale, mon

6

bijou, mon trésor, aussi précieux pour moi que le sang de mes veines, que ma chair, que mes os. Ah! ah! il vous plaît, vous le voudriez sans doute, comme beaucoup d'autres avant vous. *Povero! povero!* il n'est pas à vendre. »

Dans sa bouche ces éloges prenaient une singulière emphase, gonflant ses joues tannées, s'échappant en périodes redondantes, malgré son accent aigre et sa voix cassée.

Robert, habitué au manége des brocanteurs, ne l'écouta même pas. Soulevant le coffret de ses deux mains pour le mieux voir, il l'approcha de la fenêtre.

C'était un de ces ouvrages de marqueterie, chefs-d'œuvre de patience, si habilement travaillés par l'art oriental dans ce qu'il a de plus pur, de plus compliqué et de plus extraordinaire. Le jeune homme croyait y voir une nouvelle preuve des

pillages exercés dans le Levant par la ville‑
pirate, qui enrichissait ses monuments de
toutes les dépouilles de l'Orient, emplis-
sant ses palais de tapis turcs, de cuivres
ciselés à Stamboul, à Ispahan, au pays des
califes et des rêves.

De fines rosaces, à pointes d'étoile, à
ressemblance de fleurs épanouies, com-
posées des bois les plus rares, l'ébène, la
myrrhe, l'ivoire, les essences parfumées
de santal et de rose, les bois polis et durs
comme la pierre, formaient une couronne
régulièrement reproduite sur les quatre
faces. Au-dessous se tordaient de folles
arabesques, enchevêtrées les unes dans les
autres, suivant la ligne la plus capricante,
la plus incompréhensible et pourtant la
plus harmonieuse.

Le juif n'avait pas exagéré : il possédait
un véritable bijou.

La vieillesse en avait arrondi les angles

et adouci les contours; mais ce poli des
siècles, cette patine du temps, achevaient
de compléter l'œuvre, de lui donner du
fini. Une petite clef de cuivre, ouvragée à
jour, l'ouvrait. L'intérieur, aussi décoré
que l'extérieur, était du reste absolument
vide, ainsi que deux tiroirs placés aux ex-
trémités. Sur la mosaïque du fond, des
lettres en quelque langue orientale que Robert ne pouvait comprendre, tout en admi-
rant leur originalité et leur grâce, entre-
laçaient leurs formes étranges, leurs courbes
bizarres, aux rosaces alternées de blanc et
de noir... Un nom ou une invocation?

Le jeune peintre, à force de regarder, de
s'extasier, s'absorba dans la contemplation
de ce fantastique dessin.

Son enlacement semblait faire une spi-
rale qui, lui entrant peu à peu par les yeux,
s'introduisait dans son cerveau; quelque
chose de confus, d'hésitant et en même

temps d'agréable, flottait en lui, remuant doucement ses pensées, l'entraînant au pays des chimères. Une extraordinaire sensation sortait pour lui de ce coffret béant.

Le marchand le regardait avec attention, paraissant l'étudier, suivre le travail de son esprit charmé et deviner ce qui l'agitait. Tout à coup il lui dit :

« Avez-vous pu lire ces lettres? »

Robert, brusquement arraché à l'espèce de folle extase qui l'engourdissait depuis un moment, regarda son interlocuteur en faisant un geste négatif.

Un sourire glissa sur l'épiderme bruni du juif, dont les lèvres murmurèrent :

« Cela m'eût étonné.

— Vous savez ce qu'elles signifient?

— Certainement, *Signor*.

— Est-ce une ligne du Coran, un verset de la Bible, le monosyllabe sacré des Aryas de l'Inde, une sentence de Confucius, ou bien un de ces mots auxquels les mages chaldéens donnaient la puissance d'évocation ?

— C'est un nom, un nom célèbre dans notre histoire juive, un nom maudit par les chrétiens.

— Ces simples lettres ?

— Ces lettres forment les syllabes du mot *Salomé*.

— Salomé ! » s'écria le jeune homme avec un étonnement qu'il ne put maîtriser, tellement une semblable coïncidence avec ses préoccupations du moment, un rapprochement aussi inattendu, lui paraissaient surnaturels.

Puis, par un soudain bouleversement d'idées, réagissant contre sa surprise, il commença à craindre une mystification. Ce fut d'un ton rude qu'il jeta cette phrase en plein visage du marchand :

« Maître juif, vous moqueriez-vous de moi ?

— Ah ! *Signor*...

— Avouez-le plutôt ; vous me connaissez, et, pour me faire valoir ce petit meuble, vous l'enrichissez d'un nom qui m'intéresse particulièrement.

— Que m'importe ? je ne le vends pas.

— Vous avouez donc ?

— C'est la première fois que je vous vois, et j'ignore tout à fait qui vous êtes. »

Cela fut dit d'un ton si simple, si posé et si franc, que Robert sentit la confusion le gagner.

« Alors vous dites bien : *Salomé ?*

— Oui, continua le vieux sans la moindre émotion, Salomé la danseuse, la fille d'Hérodiade, la nièce d'Hérode Antipas. »

Confondu, stupéfait, Robert écoutait à peine ces paroles ; il songeait à son tableau, à l'idée inconsciente, bizarrement

née, qui l'avait machinalement poussé vers
le Ghetto pour y chercher des curiosités,
peut-être des matériaux pour son œuvre,
à l'attraction de cette pauvre boutique, et
enfin à ce coffret aperçu au moment où il
allait partir. Dans tout cela il voyait un
enchaînement de circonstances, un entraînement, presque une force irrésistible,
fatale.

« Le coffret de Salomé ! » répétaient ses
lèvres, tandis que son imagination prenait
ce vertigineux essor.

A ses côtés, il perçut de nouveau la voix
éraillée du brocanteur, qui redisait avec un
accent satisfait :

« Mais oui, mais oui, le coffret de Salomé.

— Voulez-vous dire qu'il ait appartenu
à la danseuse ?

— Je l'affirme.

— Je ne puis vous croire, c'est insensé.

— N'avez-vous pas lu mon nom sur la porte ?

— Si : *Hérode.*

— De quoi vous étonnez-vous donc? Je me nomme Hérode, comme l'autre, comme tous ceux dont je descends ; Hérode Antipas est mon ancêtre. »

Devant cette assurance, Robert, ne sachant que répondre, laissa son interlocuteur continuer :

« C'est de lui, de lui en ligne directe, que me vient cette relique. La danseuse y enfermait les vêtements et les bijoux dont elle se para pour danser devant son oncle, pour le charmer, l'ensorceler et dicter les secrètes volontés de sa mère au tout-puissant tétrarque. »

Un immense désir de posséder le meuble envahissait peu à peu le jeune peintre. Il lui semblait indispensable, pour l'achèvement de ce qu'il avait entrepris, pour mieux se pénétrer de l'esprit même de son sujet, pour donner un relief original et nouveau à son tableau, d'avoir en sa possession cette pièce authentique, touchée et possédée par la jeune fille qu'il voulait représenter... Il aurait ainsi quelque chose de l'âme de Salomé.

« Quel prix en voulez-vous ? dit-il nerveusement, prêt à sacrifier une énorme somme pour satisfaire son étrange fantaisie.

— Je vous ai dit qu'il n'était pas à vendre.

— Je vous en donne mille francs, deux mille !

— C'est un héritage, vous le savez maintenant, une relique de famille précieusement transmise d'âge en âge, et ne devant jamais nous quitter.

— Ce coffret n'est jamais sorti de vos mains ?

— Pourquoi ce doute ?

— Ce serait mal connaître votre race que de l'admettre.

— Je n'ai pas dit cela, fit le juif avec restriction.

— Que vous importe, alors ?

— Beaucoup.

— Bah !

— Et plus encore à vous-même.

— Que voulez-vous dire ?

— Je ne l'ai jamais vendu, mais quelques-uns de mes aïeux ont été moins délicats ou moins scrupuleux.

— Je ne comprends pas alors comment vous pouvez encore le posséder.

— Ecoutez-moi, et vous serez sans doute moins désireux de l'avoir.

— Est-ce une nouvelle épreuve ? Je vous préviens que je suis fort entêté.

— Peut-être. Je ne dirige pas la destinée.

— Et moi je suis prêt à la subir, si rude qu'elle soit.

— Ainsi que je viens de vous le laisser comprendre, ce coffret a quelquefois quitté ma famille ; mais il y est toujours revenu à la suite d'un événement sinistre, d'une aventure sanglante. Toujours le nouveau propriétaire de ce meuble a été victime de son caprice, de son désir de le posséder. Portant bonheur à notre famille, qui ne devrait jamais s'en dessaisir, il porte malheur aux chrétiens, il est mortel pour ceux qui nous l'enlèvent. Il n'est donc jamais sorti de nos mains que pour y rentrer, après avoir enrichi ses annales d'un nouveau drame.

— Sotte superstition.

— Pourquoi? Les vêtements mis par la nièce d'Hérode étaient enfermés dans ce coffret ; je vous l'ai dit ; ils en sortirent pour achever d'enivrer le tétrarque, pour lui faire perdre la raison, au point que, ayant vu danser devant lui la jeune fille revêtue de ce costume, il lui accorda sans hésitation, sans remords, la tête de son conseiller, de son ami, de Jean-Baptiste. Il est dangereux pour vous de toucher à cet objet, de le désirer, et surtout de le posséder, croyez-moi. Vous êtes chrétien, sans doute.

— En effet.

— Salomé est fatale aux chrétiens de tous les temps comme elle le fut au précurseur du Christ. »

Le désir de possession de Robert, s'irritant de cette résistance, lui faisait dominer la secrète émotion provoquée par cette légende de terreur et de fatalisme.

« C'était possible au moyen âge, dit-il avec un rire forcé, mais non plus de notre temps; nous ne sommes pas aussi crédules. En l'an 32, on a tué saint Jean; en

7

l'an 187., on ne tue pas plus les chrétiens qu'on ne brûle les juifs.

— Comment vous, chrétien, pouvez-vous désirer une relique qui ne peut que blesser vos opinions religieuses ?

— Je ne m'occupe pas de religion, mais d'art : ce coffret me plaît pour lui-même.

— Vous ne l'ouvrirez pas une fois sans qu'il s'en échappe comme une vapeur de sang : de là est sorti le glaive qui a décapité le précurseur. »

Robert eut un frisson à cette sombre évocation, sous l'influence de cette étrange poésie du juif ; mais il secoua insoucieusement la tête.

« Vous me prenez pour un enfant ! on ne m'effraye pas si facilement. Une fois pour toutes, je vous demande si vous acceptez deux mille francs, une fortune pour vous, une folie pour moi. »

Le juif hésitait ; ses yeux sous les lunettes avaient des lueurs dorées, comme s'il eût déjà compté et pesé les pièces jaunes.

« Et quand même je céderais à vos pressantes sollicitations, dit-il, je dois vous avouer que je ne suis pas maître de garder ou de vendre à mon gré ce bijou ; il ne m'appartient pas, c'est la propriété de ma fille.

— Décidez-la à me le vendre. »

Une petite porte, dissimulée derrière un grand tapis de mosquée accroché au mur du fond, s'étant ouverte en ce moment, une jeune femme, soulevant la lourde draperie, avança la tête par un gracieux mouvement.

« C'est mon coffret que vous consentiriez ainsi à vendre, mon père ? dit-elle.

— Oui, Salomé. »

Un rayon de soleil, traversant obliquement les vitres ternes, perçant leur couche

de crasse, frappait en plein son visage.
Robert resta béant devant l'originale et
splendide beauté de cette femme, en même
temps que ce nom de Salomé venait encore une fois le troubler et l'émouvoir :
tout paraissait concourir à bouleverser son
cerveau.

Elle possédait le type juif excessivement
pur, sans exagération, sans saillies angu-
leuses. Le nez fin, d'une courbe légère, se
terminait par des narines palpitantes, doucement rosées ; des yeux noirs magni-
fiques, voilés de cils longs et retroussés,
s'abritaient sous les paupières épaisses ;
ses lèvres un peu charnues, mais d'un
adorable dessin et d'un rouge vivant, au-
raient pu être comparées, par les poëtes
orientaux ou les écrivains bibliques, à la
pulpe appétissante des grenades mûres.
Quant aux cheveux, leur teinte sombre,
d'un noir bleu aux reflets luisants, tran-

chait avantageusement sur la pâleur uniforme et mate de la peau.

Lorsqu'elle aperçut le peintre, un charmant sourire découvrit ses dents. Elle le
regarda pendant quelques instants d'un
air interrogateur, comme pour s'assurer si
c'était bien lui qui désirait acheter le
coffret, et pour méditer sa réponse ; puis,
se retournant vers le vieillard :

« Est-ce Monsieur ?

— Je lui ai vainement raconté la terrible
croyance que nous y attachions. »

Il sembla à Robert que la jeune fille
avait pâli ; mais ses traits conservèrent
cependant leur charme étrange, leur sou-
veraine séduction.

« Monsieur n'a pas eu peur de Salomé ?

— Je ne crains jamais ce qui est beau.

— Moi aussi je me nomme Salomé.

— C'est achever de me persuader.

— Vous le voulez donc, ce coffret ? dit-

7.

elle en fixant sur lui ses yeux emplis d'une volupté subite.

— C'est mon plus cher désir, répondit le jeune homme, qui ne pensait plus au coffret, tant il se sentait attiré et absorbé par la contemplation de cette superbe fille, à la taille souple et onduleuse sous son long vêtement de soie unie.

— Réfléchis, Salomé », reprit le juif.

Après un instant de silence, pendant lequel elle reposa de nouveau longuement les yeux sur le peintre, une expression sensuelle passa sur sa bouche, élargit ses narines, flamba dans ses prunelles, lui donnant, de la tête aux pieds, un mouvement vibrant.

« Prenez-le, j'y consens. »

Robert trouva que la pulpe charnue de ses lèvres devenait plus rouge et plus vivante encore lorsqu'elle prononça ces mots : une hésitation suprême traversa son esprit.

Sans lui donner le temps de penser, Salomé, s'avançant, saisit le coffret à deux mains et le tendit au jeune homme.

« Ne le voulez-vous plus ? »

Dans une sorte d'étourdissement, le peintre prit le coffret. Le souffle de la jeune fille, arrivant jusqu'à lui, avait donné à sa chair un frisson de plaisir, et, tout bas, elle murmurait :

« Je vous en prie !

— Prends garde, Salomé, prends garde ; tu sais que le coffret porte malheur, dit une dernière fois le marchand, qui suivait d'un œil calme cette petite scène.

— Je déjouerai le sort », acheva-t-elle avec un enivrant sourire.

Puis, adressant au jeune artiste un re-gard chaud d'amour, lourd de promesses, la juive disparut aussi rapidement qu'elle était venue. Robert devina plutôt qu'il n'entendit ce mot : « A bientôt! »

Remettant au brocanteur deux billets de mille francs, il sortit de la boutique, la tête perdue, affolé, ne voyant plus.

Au moment où il s'engageait dans le vieux Ghetto, il aperçut encore Salomé à une fenêtre, derrière un volet rouge. Du bout des doigts elle lui envoya un baiser qui acheva de lui faire perdre la raison. L'atmosphère enivrante qui l'enveloppait lui ôtait la faculté de penser, même celle de se souvenir.

IV

Dans un trône d'or, dont les bras se terminaient en gueules de monstres, à moitié couché sur d'épais coussins de soie, était une curieuse personnification d'Hérode, la barbe frisée en longues boucles, comme les satrapes de Perse ou les princes d'Assyrie, la tiare empierrée de luisantes étincelles sur la tête, les yeux noyés dans une sorte de béatitude somnolente, de lourde jouissance, tandis qu'une expres-

sion de sensualité, de volupté bestiale, di-
latait ses narines et retroussait ses lèvres
sous l'ombre des moustaches. Le reste du
corps, vautré, abandonné, sans contours
distincts, n'offrant qu'un ensemble indécis
de rondeurs et de ballonnements, se perdait sous la longue tunique, à la ceinture
dénouée, qui tombait en plis moelleux
jusqu'aux chaussures de pourpre, étoilées
de pierreries.

Les mets substantiels, les viandes et les
sauces avaient disparu de la table pour
faire place à de symétriques empilements
de gâteaux, à des pyramides de fruits,
dont quelques-uns roulaient sur les tapis
aux harmonieuses couleurs.

Un mince filet de fumée s'échappait de
deux cassolettes placées aux côtés du
tétrarque, adoucissant les ors du trône et
l'éclat des vêtements; de la voûte arrondie au-dessus de sa tête pendaient trois

lourdes lampes à plusieurs becs, de chacun desquels jaillissait une flamme brillante. Un double rideau en étoffe d'or se
fermait sur Hérode, le laissant libre dans
son sanctuaire, le divinisant ; mais on
voyait que la table, dont le haut bout se
trouvait sous le dôme revêtu de mosaïques,
se prolongeait à travers la double colon-
nade d'une gigantesque salle, où de nombreux convives s'étendaient sur les lits. La
scène principale se concentrait en cet endroit.

Au bas des marches conduisant au
trône, sur un coussin brodé, se redressait
la taille souple et fière d'Hérodiade, les
mains allongées sur ses genoux, les yeux
fixes devant elle, étrange figure de sphinx
proposant une sanglante énigme à son
mari, en même temps son beau-frère,
et attendant, impassible, le résultat du
spectacle qu'elle lui donnait.

Dans l'intervalle resté vide entre elle et deux colonnes de lapis-lazuli placées à l'autre extrémité de la pièce, devait s'avancer, dans une pose de danseuse, sa fille Salomé. Mais la figure, seulement indiquée à la craie, sans aucune forme, faisait une tache blanche au milieu de la toile.

Derrière une des colonnes, séparé du sanctuaire par un rideau oriental, se tenait debout, appuyé sur une longue épée, un esclave immobile, ayant un bassin de cuivre auprès de lui, et donnant une terrible signification à la scène qu'il ne voyait pas.

Faisant pendant au bassin destiné à recevoir la tête de saint Jean, le peintre avait placé, à moitié ouvert, le coffret de marqueterie acheté au Ghetto ; il mettait ainsi en opposition la trilogie du crime, à côté de la trilogie joyeuse et repue : le plat, l'épée et le coffret, en regard d'Hérode, d'Hérodiade et de Salomé.

C'était quelques jours après sa prome-
menade au Ghetto ; Robert, après avoir
allumé les becs d'une lampe de cuivre
accrochée au plafond, venait de tirer la
toile verte cachant son tableau et l'examinait longuement.

Se pénétrant de l'essence même de son
œuvre, il se demandait s'il ne s'était pas
trompé, si le sujet, compris de cette façon,
avait vraiment la teinte étrange, originale,
dont il voulait le revêtir.

Sans se préoccuper de l'histoire ni des
traditions, il s'était pleinement inspiré de la
curieuse poésie orientale, des mystères de
l'Inde, froissant à plaisir les étoffes persanes,
semant à profusion les joyaux, les perles,
les pierreries énormes, fabuleuses, les
marbres précieux. Il faisait pour son tableau ce que les Vénitiens avaient fait pour
leur basilique de Saint-Marc, sacrifiant la
vérité glaciale, la banalité, aux magies du

8

rêve, à l'harmonieuse orgie des couleurs et des formes séduisantes.

Du sujet ainsi traduit s'échappait un énigmatique et redoutable parfum, quelque chose d'indéfinissable, de subtil, s'attaquant aux sens, pénétrant le cerveau, charmant les yeux et la pensée.

Bien d'autres avaient été séduits avant lui par le personnage de Salomé, Léonard de Vinci, Salaï, Beltraffio, Solario, Marco d'Oggione, Melzi, le Pordenone, et Robert connaissait leurs œuvres. Il avait vu à Florence, aux *Ufizi*, la décollation de saint Jean, du Hollandais Van Steenwyck, avec son effet de torches, d'escalier et de voûte ténébreuse; il se rappelait même une sculpture sur bois du musée de Dijon, faite en 1391 par l'ordre de Philippe le Hardi : son auteur, le Flamand Jacques de Baerze, y montre Hérodiade appuyée sur Hérode, dont le visage exprime la stupéfaction, tandis que Salomé attend, un plat entre les mains, la tête du saint. Mais le jeune artiste pensait avoir trouvé une voie nouvelle, une expression plus chaude et plus colorée, une composition essentielle-ment personnelle. Il s'était débarrassé de ces mille souvenirs, de ces gênants prédé-cesseurs, pour essayer d'être, avant tout, lui-même.

Invinciblement, tandis qu'il s'absorbait dans cette contemplation, ses yeux reve-naient se fixer sur la place blanche où de-vait vivre la nièce d'Hérode.

Par une sorte de mirage de l'imagina-tion, d'ardente fidélité de sa mémoire, le jeune peintre croyait voir peu à peu sortir de la toile une tête souriante au nez fine-ment busqué, aux yeux noirs pleins d'une dangereuse ivresse, à la bouche épanouie en fleur, au teint pâle.

Une émotion violente gonfla sa poitrine,

tandis que, sa tête s'exaltant, ses sens s'énervant, ses lèvres murmuraient avec un profond sentiment de jouissance, d'intime ravissement, les syllabes du mot :

« Salomé. »

Au moment même où il prononçait tout haut ce nom devenu si puissant sur lui, une autre voix répondit à la sienne.

« Vous m'appelez, me voici. »

Le peintre recula, jetant un cri d'étonnement, de stupéfaction :

« Vous! vous ici! »

Par la seule puissance du désir, de la pensée, de l'amour, avait-il su évoquer celle qu'il se sentait aimer?

Sans qu'il l'eût entendue entrer, sans avoir été arraché à sa contemplation par le bruit de la porte, il voyait devant lui la fille du juif et ne pouvait le croire. Il passa sur ses yeux une main hésitante; mais ce n'était pas une hallucination, un produit de son cerveau enfiévré : Salomé resta droite et souriante en face de lui.

S'avançant, pour achever de le convaincre, elle lui prit la main :

« C'est moi !

— Est-il possible ?

— N'aviez-vous pas besoin d'un modèle pour votre tableau ? J'ai pensé que je vous serais peut-être utile : je le voudrais ! » dit-elle de sa belle voix aux harmonieuses cadences.

Cette proposition coïncidait si bien avec les secrètes pensées de Robert, avec ses désirs encore non formulés, qu'il s'écria, interdit, tremblant :

« Comment avez-vous su ?

— Ne suis-je pas femme, par conséquent curieuse ?

— Je suis inconnu ici. »

Sa figure prit une étrange expression :

« Ma nation, continua-t-elle, est savante

dans l'art de deviner, de prévoir : rien ne
nous est caché. »

Le jeune homme se sentait ému, saisi
d'un trouble mêlé d'effroi : tout cela lui
paraissait incompréhensible, dangereux
même.

La juive regarda le tableau.

« Ah! vous avez déjà placé le coffret
dans votre toile ; mais pourquoi est-il là? »

Du doigt elle désignait l'endroit où se
tenait le bourreau. Cette figure raide, me-
naçante, d'une terrible expression, appela
son attention ; un nuage passa sur son front,
et rapidement elle détourna la tête. Robert, remarquant ce geste, voulut rabattre
le rideau qui cachait son œuvre.

« Non, reprit la jeune fille en arrêtant
sa main, laissez-le ainsi. Du reste, je dois
m'y habituer afin d'en être digne. Voulez-
vous me voir? J'ai mis un costume qui
ne déparera pas, je crois, votre tableau.

Si je vous plais ainsi, je reviendrai. »

En quelques instants elle se débarrassa d'un long voile enveloppant sa tête, ainsi que d'un manteau de couleur sombre qui la couvrait complétement.

Ce fut un coup de théâtre, un éblouissement. Robert crut tomber en plein pays du rêve : quelque magie le transportait au milieu même des personnages qu'il avait voulu créer.

Avec une impudeur superbe, Salomé se plaça, demi-nue, sous la lumière des becs allumés qui formaient une claire auréole au centre de la pièce.

Une jupe de gaze lamée d'or tombait jusqu'à ses babouches semées de perles, s'ouvrait de chaque côté, donnant plus de liberté pour la danse, et laissait voir le charmant contour des jambes, d'une élégance et d'une rondeur parfaites. La ceinture de soie, étroitement serrée autour de

sa taille, faisait valoir la largeur des hanches et l'épanouissement des seins, retenus
dans un corselet en résille d'or, à travers
les mailles duquel la chair nue jetait l'é-
blouissante note de sa blancheur. Sur le
milieu du front étincelait un bijou pro-
jetant les flammes d'une grosse pierre pré-
cieuse, et se rattachant aux cheveux par de
petites chaînettes qui formaient un bizarre
diadème au milieu des ondes noires de la
coiffure; des torsades de grosses perles
blanches, enroulées aux deux nattes abandonnées sur son dos, ondulaient sur ses
épaules, mettant un agaçant froissement
sur la veste de satin bleu qui se reliait à la
résille d'or. Ses bras et ses jambes avaient
plusieurs cercles d'or et de pierreries su-
perposés.

« Ne suis-je pas votre Salomé? » dit-elle
avec une nuance de raillerie.

Emerveillé, le peintre avait croisé les

mains, la regardant avec une extase naïve.

Il ne pouvait trouver une parole, faire un geste, écrasé par cette apparition, pour lui plus fantastique que réelle, bizarre et éblouissante comme un conte oriental, inouïe comme une vision. La buvant des yeux, il allait, sans rassasier sa curiosité, du dessin pur de la gorge et des bras au contour onduleux des hanches, à cette ligne souple, serpentine, glissant sous la gaze, se perdant parfois dans un bouillonnement de l'étoffe, se continuant indécise sous un pli transparent, et se retrouvant ensuite aussi nette, aussi franche, avec les cercles d'or qui bruissaient aux chevilles, sonnaient aux poignets et serraient, comme une main amoureuse, le haut des bras.

Il n'osait cependant la regarder au visage, car, des yeux lumineux de la juive tombait sur lui un magnétique ruissellement sous lequel, absorbé, saisi, il se comprenait

incapable de vouloir. Une terrible puissance d'amour et de volupté sortait lentement de cette femme pour l'envelopper,
pour l'étreindre tout entier et le lier à elle.
Des désirs naissaient brûlants dans son
cerveau, dans son cœur, dans ses veines :
la folie de la chair le gagnait. Maintenant il
lui appartenait, se donnant sans réflexion,
sans restriction ; il oubliait de craindre.
L'amour grandissait en lui, chaud, fiévreux, sensuel, plein d'indomptables élans.

Traînant un peu ses jambes, dans une
démarche alanguie, laissant flotter sa jupe
légère, la juive alla jusqu'à un épais tapis
turc étendu à quelque distance du tableau,
en pleine lumière, et là, après avoir rejeté
ses babouches, resta avec ses pieds nus aux
ongles teints de henné, aux phalanges
chargées de bagues. Puis elle fit signe au
jeune homme de s'asseoir dans un fauteuil.

Celui-ci obéit machinalement.

« Regardez-moi, dit-elle : vous êtes Hérode, moi je suis Salomé, dansant devant lui pour le charmer. »

Étendant d'un geste lent et gracieux ses bras nus, elle se mit à danser d'une manière étrange, dressée sur la pointe de ses pieds enfoncés dans le moelleux tissu, tourbillonnant sur place comme les bayadères et les almées.

Autour d'elle les étoffes s'enlaçaient, flottaient, et dans l'air, qui se chargeait peu à peu de parfums, sifflaient ses épaisses nattes, lourdes de bijoux et d'huiles odorantes. Le choc des bracelets, le bruissement des anneaux, formaient une harmonieuse cadence, un rhythme barbare, servant d'accompagnement à cette danse curieuse, tandis que la teinte blanche et rose des pieds nus paraissait et disparaissait dans l'épaisseur du tapis. Les bras se balançaient avec une grâce charmante; les

mains, chargées de bagues, se nouaient au-
dessus de la tête, figurant une guirlande
rosée, agitaient avec un sifflement doux et
tendre une écharpe de gaze, ou envoyaient
des baisers.

Sous la jaune lumière du lustre, tout cet
or chatoyait merveilleusement, toutes ces
pierres flambaient, lançant des gerbes d'é-
tincelles, des flammes bleues, vertes, rouges; des éclairs de métal se mêlaient au
froissement des étoffes de soie irritant le
silence.

En extase dans son fauteuil, Robert avait
d'abord croisé les bras sur sa poitrine,
cherchant à comprimer les battements de
son cœur; puis peu à peu il s'était abandonné à ce qu'il ressentait, cédant à l'enivrante attraction de la chair et du mouvement, ressentant l'atteinte de ce vertigineux
tournoiement, de ce tourbillon sur les cercles extrêmes et dangereux duquel il se

trouvait. Les mains posées sur les cuisses, la tête penchée en avant, le cou gonflé par le sang, regardant ébloui, fasciné, et se rapprochant de plus en plus pour mieux voir, pour s'enivrer complétement, ayant franchi la limite du gouffre, il subissait la fatale attraction.

Insensiblement la danseuse diminuait la vitesse de ses mouvements, s'apaisant, paraissant se calmer; puis elle s'arrêta haletante, et, nerveusement, redressa son corps dans une position cambrée qui projetait en avant la pointe rose de ses seins sous la résille d'or.

Une sorte de sauvage égarement brillait dans ses grands yeux noyés, comme si cette danse l'eût tout à fait mise hors d'elle-même, la livrant sans défense à l'ivresse de ses sens.

Au moment où Robert se leva, impuissant à résister à ses désirs, incapable de les

combattre, ne sachant plus ce qu'il faisait et tendant à la danseuse ses mains tremblantes, celle-ci se jeta dans ses bras, s'abattant ainsi qu'une fleur coupée, enlaçant étroitement le cou nu du jeune homme.

. Cela eut lieu follement, sans un mot, sans l'échange d'une parole.

Les lèvres de la jeune fille se posèrent sur celles du peintre : elle et Robert oublièrent tout dans ce baiser.

C'est à peine s'il entendit presque aussitôt la juive murmurer :

« Tu es mon seigneur, mon seul maître. J'ai dansé devant toi pour t'appartenir : Salomé est à toi pour toujours, pour toujours, dans la vie comme dans la mort ! »

V

Des gondoles chargées de tomates, de fruits et de légumes commençaient à sillonner le Grand Canal, tandis que de petites barques, plus lentes, portaient des paniers de raisins, et leurs conducteurs criaient à pleins poumons : *Bella uva!* (Beau raisin!)

Le ciel était bleu, de ce beau bleu italien si profond, si pur, si transparent, teinté

d'une poussière d'or par le soleil. Sur ce
fond lumineux les monuments se détachaient avec une admirable netteté, et la
grande voix sonore des cloches qui parlent
au sommet de chaque église, à la cime de
chaque campanile, à la flèche des basili-
ques, arrivait aux oreilles avec une ra-
vissante pureté métallique, avec une douce
et remuante vibration. L'air se trouvant
plein de langoureuses effluves, on eût dit
que des baisers flottaient sur la lagune.
C'était Venise radieuse, Venise dans sa
gloire, comme la représentent les tableaux
de ses maîtres.

Penché à son balcon, enivré encore, ad-
mirant ce réveil de la ville, Robert écoutait
le chant des cloches.

Ces cloches sont en effet l'âme mélo-
dieuse, la vie de Venise, où l'on n'entend
ni voitures, ni chevaux; elles accompagnent
harmonieusement le glissement furtif des

gondoles rasant les murs, le clapotis des rames dans l'eau.

Quand elles arrivent de loin, ces voix de cloches, elles s'ébattent avec plus de mollesse, chantant des hymnes, psalmodiant des cantiques ; leurs langues de fer battent en cadence les murs de cuivre et de bronze avec un tapage fou, une joyeuse et musicale allure qui sème les notes en un étincelant petillement d'allégresse.

Parfois toutes se mettaient en branle, et la conversation s'engageait bruyante, échevelée, s'échappant de toutes ces gueules béantes : tout s'enflammait, s'animait, formant comme une conspiration de syllabes aiguës, tremblantes ; puis le vacarme s'éteignait progressivement : une seule cloche continuait, grave, monotone, s'engourdissant un peu plus après chaque note, jusqu'à ce qu'elle s'endormît aussi du grand sommeil des autres cloches.

9

C'est ainsi tous les jours, pendant des
heures, tandis qu'au-dessus le bleu reste le
même, pur, profond et limpide, l'éternel
bleu.

L'âme de Robert s'ouvrait délicieusement à toutes ces impressions montant une
à une du Grand Canal, de Venise, de la nature.

Il se sentait encore tout étourdi de ce
bonheur brutal fondant sur lui d'une façon
si inattendue, le terrassant sous l'ivresse
sensuelle, sans que son cœur eût longuement battu, sans que ses désirs même eus-
sent été pleinement exprimés. Sa première
impression, une fois le trouble des sens
apaisé, avait été surtout un immense étonnement.

La fille du juif était sa maîtresse qu'il
n'était pas revenu à lui-même, qu'il y
croyait à peine, écrasé sous cette réalité. Il
fallut la lassitude de son corps, déshabitué

de la violence des plaisirs, l'énervement heureux de ses membres et l'accablement de son esprit pour le persuader.

Depuis la blessure violente et non cicatrisée qui l'avait chassé de Paris, désespéré et furieux, avec l'intolérable pensée de l'amour trahi, du bonheur à jamais perdu, il avait vécu presque chaste.

Durant son voyage en Italie, il usa ses forces par la fatigue, contraignant son corps à l'oubli en le soumettant au dévorant travail de la pensée, aux absorbements du cerveau en même temps qu'aux labeurs physiques.

Les courses à pied dans les endroits sauvages, les marches dans la montagne, les pérégrinations solitaires à travers des villages à peine civilisés et la contemplation des spectacles de la nature, avaient d'abord détourné son attention de cette idée d'amour, de ces voluptueuses et faciles surexcitations qui sont l'essence même de l'artiste, habitué à doubler les enchantements de l'imagination de ceux des yeux, à seconder par les encouragements du rêve, par les élans de l'enthousiasme, la faiblesse du corps. Dans les villes, passant son temps au milieu des musées, faisant des œuvres d'art son culte absolu et sévère, se tenant par l'élévation de son esprit au-dessus des égarements terre à terre de l'existence, il sut encore résister à la possibilité de certains entraînements, aux oublis du sang et de la raison. Rien n'eut prise sur lui. Il ne lui arriva pas de fuir la société des femmes, mais il ne la rechercha pas non plus. Se tenant simplement à l'écart, ne fréquentant pas le monde, il échappa à ses séductions.

Il appartenait à Venise de le faire suc-

comber, de briser sa vertu, de dissiper la
froideur dont il s'enveloppait depuis si
longtemps, lui l'artiste passionné et fou-
gueux, lui l'àmant du beau et des lignes
harmonieuses. Déjà Venise l'avait séduit;
une de ses enfants acheva de mordre sa
chair, de le vaincre corps et âme, de le
renverser fiévreux, brûlé de désirs.

Ce n'est pas impunément qu'au cœur
d'une semblable ville, vivant de sa vie,
s'imprégnant de sa senteur et de sa chaude
atmosphère, on soumet son esprit à la volupté, on joue avec l'énervement des sens.

Le tableau du peintre fut cause de tout.
En se pénétrant trop de son sujet, en vou-
lant y bien représenter le triomphe de la
chair sur les liens de l'amitié, de la raison
et de la sagesse, il s'était laissé gagner et
envahir sans s'en apercevoir. A force de
respirer l'amour, on arrive vite à l'ivresse,
et lorsqu'on se réveille encore tout étourdi,

moitié honteux, moitié satisfait de ce qui est arrivé, on est bien faible pour résister; la fois suivante on cède sans combat.

Robert s'en aperçut rapidement; il fut colère contre lui-même, dégoûté de sa faiblesse; puis, en recommençant, il se laissa dominer par son tempérament et se prit aux filets de l'habitude.

Plus il avait été chaste, plus promptement il fut embrasé. Quand Salomé dansa devant lui, si elle tomba dans ses bras, ses bras s'étaient déjà ouverts pour la recevoir et l'étreindre sur une poitrine affamée d'amour sensuel, de folles étreintes.

A partir de ce jour, il oublia le passé. La séduisante image de la Vénitienne se plaça avec son irrésistible enivrement, sa puissance quotidienne et palpable, entre lui et les regrets arides, entre le présent si rempli et le souvenir stérile. Jeanne n'existait plus pour lui. Salomé éteignit tout sous ses baisers, lui prenant son sang, sa chair, son être entier, si bien qu'il crut lui avoir également donné son cœur.

Il ne souffrait plus, vivant dans un milieu qui le grisait, ne lui laissant plus assez de calme et de froideur pour réfléchir. Il y avait dans cet emportement, dans sa folle ardeur à suivre la jeune femme partout où elle l'entraînait, la devançant en ivresse, en plaisirs nouveaux et irritants, une revanche de la jeunesse, une punition de la continence exagérée à laquelle il venait de se soumettre. Croyant mater son sang, il n'avait fait que lui donner plus de force, plus de feu pour le jour où un baiser de femme allait brûler ses lèvres. C'est pourquoi sa chute fut si rapide; il n'y eut presque pas place entre le désir et l'exécution : Salomé fut à lui et il fut à elle, sans réflexion, par le subit entraînement de la chair.

Il s'abandonna complétement à cette

domination, se figurant presque aimer, se
berçant du moins de cette illusion d'amour
qui lui rendait la vie heureuse et douce, qui
le débarrassait momentanément de ces
cruels soucis du cœur, si amers, si sauvages, si désolés. Maintenant sa laborieuse
existence avait de délicieux repos, de charmants oublis, et Venise, devenant pour lui
comme pour tous une ville de plaisir et
d'amour, lui rendait plus réelles, plus
vivantes, les courtisanes peintes par la
brillante école du pays.

De temps en temps, après une journée
de travail, il emmenait Salomé dîner dans
l'île San Pietro, à la pointe de Quintavalle,
d'où l'on voit Murano, l'île des verreries;
San Servolo, demeure des fous, et la plage
longue et aplatie du Lido. Ils restaient là,
cachés dans la verdure, goûtant leur solitude et la tiédeur des soirs d'été; puis
quand ils revenaient, le soleil, se couchant,

découpait fantastiquement la silhouette de Venise.

La gondole s'avançait avec lenteur, longeant les gros vaisseaux à l'ancre devant le jardin public, et méthodiquement poussée par les gondoliers, qui parfois, mis en gaieté par une fiasquette de vin offerte à quelque buvette de l'île, chantaient en cadence.

En face d'eux s'ouvraient les deux baies du Grand Canal et de la Giudecca, l'une, plus étroite, pressée entre le môle et l'église *Santa Maria della Salute ;* l'autre, béante comme un bras de mer, entre la douane et les petites maisons basses où l'on fait la chaux.

Derrière la forêt de mâts dont se hérissait la Giudecca, le ciel s'étendait tout rouge, zébré de larges bandes pourpre, mêlées d'ocre jaune, de minium et de vermillon : c'était la gueule de la fournaise,

un embrasement général. Vers le Grand
Canal, les teintes, se dégradant, devenaient
lilas tendre, rose pâle, ayant ce frissonne-
ment du jour qui s'en va, baigné de moites
vapeurs; puis, au-dessus de Venise, derrière la flèche hardie du campanile mettant dans l'air la lumineuse paillette d'un
ange d'or, dessinant plus nette et plus
franche la masse opaque, lourde, des édi-
fices, les tons d'un vert transparent devenaient opales et jaunâtres à la rencontre
des toits, autour de la forme évasée des
cheminées, le long de l'arête dure des
constructions. Cette troisième gamme avait
une tonalité infiniment suave.

Le Lido, d'un vert foncé, se noyait déjà
dans les brumes violettes qui annoncent
la nuit, et tout en haut, en plein ciel, la
lune s'arrondissait dans sa plénitude par-
faite, baignant d'argent la lagune avec les

miroitements donnés par le courant et par la vague.

Tout s'endormait dans la nature; les gondoles glissaient plus rares, leur étoile au front : la nuit se faisait.

Doucement enlacés sous le *felʒe* protecteur, isolés de tous, livrés à leur seule passion, les deux amants buvaient les baisers sur leurs lèvres rouges de plaisir, enfiévrées de volupté, s'abandonnant à la tendre étreinte des bras, se serrant plus étroitement, oubliant tout dans leur jeune et ardente ivresse.

On arrivait à la demeure de Robert : il fallait se séparer. Salomé étreignait une dernière fois le jeune homme sur son cœur avec une extraordinaire ardeur, quelque chose de nerveux, d'emporté, de douloureux et de convulsif; leurs bouches s'unissaient, se quittaient, se rapprochaient de nouveau, sans pouvoir jamais se décider au dernier baiser, à l'adieu... Mais la nuit s'avançait, Salomé partait.

Robert, debout sur les marches du petit palais, la regardait s'éloigner jusqu'à ce que la gondole eût disparu au premier coude du Grand Canal. Il rentrait et s'endormait alors, rassasié d'amour, le corps las, les sens assouvis, le cœur vide, ne songeant plus à rien, pas même au lendemain.

Très-souvent, depuis le soir où elle était venue surprendre le jeune peintre, Salomé revenait chez lui, et Robert travaillait, cherchant à donner à la figure de son tableau la coupe orientale et un peu sauvage du visage de la jeune fille. Sans cesse elle s'irritait des lenteurs de l'artiste, des choses qu'il effaçait ne les trouvant pas réussies, de ce constant mécontentement de lui-même. Des impatiences folles la prenant, elle abandonnait subitement le tapis où sa

pose l'engourdissait et venait jeter ses bras
nus au cou de son amant. Il avait plaisir
à tenir sur sa poitrine cette étrange créa-
ture dans son splendide costume. Les bracelets d'or mettaient leur fraîcheur sur sa
peau brûlante, la gaze chatouillait ses
joues, et, au milieu d'interminables rires,
de bruyants éclats de gaieté, les baisers
pleuvaient sur ses yeux, sur son front, sur
ses lèvres, jusqu'à le lasser.

Quand elle l'avait quitté, il s'étonnait
parfois du vide qui l'envahissait, de l'état
d'écœurement dans lequel il se trouvait; il
avait une satiété de cette volupté ardente
qui l'énervait, l'amollissait, incendiant ses
veines. Cependant il ne pouvait s'expliquer
ce qu'il ressentait, car d'autres fois il croyait
aimer Salomé, prenant pour de la passion
les désirs qui le mordaient plus fréquemment, l'habitude de cette femme, les lâchetés de sa chair près d'elle.

10.

VI

Comme ils ne pouvaient se voir régulièrement, Salomé restant souvent plusieurs
jours sans venir, Robert lui avait remis
une clef de son habitation; même lorsqu'il
était sorti, elle pouvait entrer et l'attendre
chez lui.

Il la trouvait alors couchée sur son divan
ou contemplant son tableau, qui l'attirait
singulièrement; elle restait immobile, regardant les différents personnages; même

en posant, elle se dérangeait pour venir voir par-dessus l'épaule du peintre si le travail avançait.

Bientôt la *Salomé* était sortie de la toile ; la tache blanche avait été remplacée par une figure d'une saisissante vérité, d'une frappante réalité, sous son accoutrement original.

Robert pourtant ne se décidait pas à donner le dernier coup de pinceau ; il se créait de nouveaux travaux, des morceaux à reprendre, des retouches à faire, pour retarder le jour où il lui faudrait enfin déclarer son œuvre terminée. Venise le retenant, il avait peur de ne plus conserver de prétexte pour y rester. Une ombre s'étendait sur son front, glaçant son cerveau, jetant d'invincibles tristesses dans ses pensées : il lui faudrait quitter la juive, rompre cette liaison jusqu'alors heureuse. Cela l'effrayait quand il songeait à la nature violente, aux expansions fougueuses de sa maîtresse; mais, rejetant loin de lui ces pesantes idées, ces sourdes appréhensions d'un malheur possible, il aimait à se figurer qu'un pareil avenir était encore trop éloigné pour qu'il fallût s'en préoccuper.

Détachant ses arabesques sur les tons fins d'une vieille tapisserie, s'élevait au-dessus d'une petite console sculptée le coffret de marqueterie, dans lequel le jeune homme avait pris l'habitude de mettre ses papiers, de serrer ses lettres et de renfermer les petits objets d'art courant risque de s'égarer en restant sur les meubles.

Au milieu d'épanchements d'amour, à l'une de ces heures où la volupté, glissant dans les veines, pénètre jusqu'au cœur et fait épanouir l'âme comme une fleur, il lui était arrivé de conduire Salomé devant le petit meuble, de rappeler avec ivresse, avec une chaleur passionnée, que grâce à lui ils se connaissaient, grâce à lui ils s'aimaient. S'en souvenait-elle ? Il allait partir sans la voir, et jamais le hasard ne les eût remis en présence l'un de l'autre, lorsque ce coffret l'avait arrêté, retenu, charmé, jusqu'à ce qu'elle apparût, effaçant tout autour d'elle, appelant seule ses regards et son admiration.

« Tu vois, disait-il en riant de la fatale prédiction du vieux juif, combien votre légende est trompeuse ! Voici deux mois que nous nous aimons, deux mois que nous sommes heureux... Ce terrible coffret, loin de nous porter malheur, nous donne la vie, le bonheur. »

La première fois que Robert s'exprima ainsi, attaquant la croyance hébraïque attachée à l'héritage de la danseuse, la superstitieuse juive, malgré son amour, malgré l'étourdissement des douces paroles bruissant à ses oreilles, détourna la tête en pâlissant ; puis, fermant sous sa bouche la bouche du jeune peintre :

« Ne parle pas de cela, je t'en prie ; ne pensons pas à l'avenir ! » s'écria-t-elle avec un soupir étouffé.

Dans la suite, plus habituée à entendre l'artiste plaisanter à ce sujet, elle attacha moins d'importance au coffret, à son influence possible, et, se trouvant toujours également heureuse, commença à croire comme son amant que c'était un talisman favorable à leurs amours.

Un jour, Robert travaillait dehors : Salomé entra chez lui, selon son habitude, pour l'attendre.

Bientôt, lasse de s'accouder au balcon et de regarder le spectacle animé du Grand Canal, elle promena son désœuvrement à travers l'atelier, furetant çà et là ; enfin, poussée par un accès de curiosité féminine, la jeune femme ouvrit le coffret vendu par son père.

Un amas de lettres s'y entassait pêle-mêle, sans ordre; on y voyait aussi un collier de perles de Venise très-curieux, des verroteries de Murano, quelques bijoux florentins ou romains, puis, sur la liasse des papiers, comme pour les maintenir, un petit poignard recourbé, à manche d'ivoire incrusté de corail, enfermé dans un four-reau de cuir noir.

Machinalement, Salomé, le tirant de sa gaîne, examina la lame, large, épaisse, de cette belle couleur bleue spéciale aux armes de Damas; une profonde rainure la parta-geait en deux dans toute sa longueur; près de la poignée, des lettres turques dorées formaient un dessin compliqué. Robert avait découvert et acheté ce poignard oriental chez un marchand de Padoue;

mais, le trouvant dangereux, il le renfermait toujours.

La juive, indépendamment du français, de l'italien et de la langue de sa nation, comprenait beaucoup de mots turcs, habituée à cela par les relations incessantes de son père avec les marchands de Constantinople; elle lut sans peine cette inscription tracée sur la lame : *Je donne l'oubli.*

Avec un frisson elle laissa retomber l'arme au fond du coffret.

Dans sa chute le manche heurta l'un des petits tiroirs, qui s'ouvrit à moitié; quelque chose de blanc attira les regards de Salomé : c'était un paquet de lettres liées par une faveur bleue.

Un tremblement lui courut par tout le corps au contact de ces papiers; sa main les serra fiévreusement. Du premier coup d'œil, avec cette intuition jalouse de la femme qui aime, elle avait reconnu une

correspondance de femme, d'une ancienne
maîtresse sans doute, d'une femme encore
aimée peut-être. Des bouffées de sang lui
montèrent brusquement au visage. Pourquoi ces lettres étaient-elles soigneusement conservées, précieusement serrées à
part ?

Elle pensa d'abord à les remettre où elle
venait de les prendre, sans poursuivre ses
investigations, sans affermir ses soupçons.
La jalousie, plus forte que toute réflexion,
lui fit dénouer le ruban et examiner les lettres. Une enveloppe renfermait une boucle
de cheveux blonds.

La juive devint pâle; ses narines eurent
un battement de colère, ses lèvres une
douloureuse crispation.

Il lui suffit de parcourir une des lettres
pour achever de se convaincre : c'étaient
des phrases passionnées, des protestations
d'amour adressées à Robert, à l'homme

qu'elle aimait. Un prénom seulement les signait et elles ne portaient pas de dates.

Quelle était cette Jeanne ? Quand le peintre avait-il reçu ces lettres ? A quelle époque remontait cet amour ?

Un flot de sombres pensées envahit le cerveau troublé de la jeune femme; elle passa avec un mouvement de désespoir ses mains sur son front comme pour éloigner cette torture. Une voix secrète, quelque chose de mystérieux lui disait qu'elle n'avait pu faire oublier ce passé heureux, que peut-être Robert s'étourdissait dans ses bras, qu'il aimait encore cette femme autre-fois aimée.

En ce moment le flanc d'une gondole grinça le long des poteaux d'amarre et des marches de l'escalier; un sonore *Grazie, Pietro*, remercia le gondolier. Salomé reconnut la voix de son amant.

Après avoir précipitamment renoué le

petit paquet et l'avoir remis à sa place, elle
était encore debout devant le coffret quand
le jeune homme entra.

« Ah! tu regardes notre porte-bonheur,
dit-il en riant et en venant embrasser sa
maîtresse. Tu as raison, mignonne, c'est
lui qui nous donne de si belles amours.

Posant sa tête sur l'épaule de Robert,
Salomé parvint à lui dissimuler sa pâleur
et son agitation; mais elle ne put trouver
une parole, sa gorge étant sèche et son
cœur serré. De sinistres pressentiments
entraient en elle, tandis que ses lèvres
murmuraient tout bas :

« Imprudente ! je n'aurais pas dû l'ou-
vrir : il renferme le malheur et la mort! »

Gai et joyeux, Robert ne s'aperçut de
rien ; seulement, lorsqu'il proposa à la juive
de venir dîner au Lido, celle-ci, prétextant
un malaise subit, refusa de l'accompa-
gner.

Pour la première fois, depuis trois mois, elle souffrait dans son amour, sentant quelque chose monter lentement du passé pour se placer entre elle et le peintre.

VII

·

Robert travaillait dans le Baptistère de l'église Saint-Marc, où dort à deux mètres du sol le grand doge Dandolo, les mains croisées sur le ventre, et où l'autel est surmonté d'un Christ en croix peint à larges traits bruns.

Séduit par l'antiquité et l'originalité des mosaïques représentant la vie de saint Jean-Baptiste, il avait entrepris d'en conserver un souvenir et faisait une série d'esquisses

d'après ces épisodes de l'histoire du saint :
sa naissance annoncée à Zacharie par un
ange, sa vie au désert, le baptême du
Christ, et enfin la mort du Précurseur. Il
en était à ce dernier sujet, compris d'une
façon très-curieuse par le peintre ; tous les
costumes y sont byzantins, et Salomé portant la tête de saint Jean sert de pendant à
un esclave tenant un faisan sur un plat.

Absorbé par son travail, il ne relevait
même pas la tête pour regarder les visiteurs
qui, de temps en temps, passaient près de
lui, un guide à la main, partageant leur
curiosité entre la sauvage mosaïque de la
voûte, l'autel fait d'une pierre rapportée
de Tyr par quelque doge et sanctifiée par
l'attouchement du Christ, les fonts baptis-
maux recouverts d'un couvercle de bronze
ciselé par les élèves du Sansovino, et enfin
l'artiste lui-même.

Peu à peu l'affluence diminua ; le jeune

homme finit par rester seul, plongé dans la demi-obscurité de la chapelle.

Le sentiment de cette solitude, l'impression du lieu où il se trouvait, l'envahissant insensiblement, le pinceau s'échappa de sa main, tandis que ses yeux se perdaient devant lui sans regarder, sans distinguer, voyant des formes vagues, impalpables, n'ayant aucun contour arrêté.

Tout s'assombrissait dans ce Baptistère, sombre naturellement, où chaque objet a quelque chose de l'uniforme rudesse des primitifs. A travers ce commencement de ténèbres, du haut des coupoles où s'étendaient un Christ barbare et des scènes de baptême, les saints de mosaïque et les apôtres farouches, implacables, le regardaient fixement.

Une vapeur de terreur, une sueur d'angoisse, semblaient descendre de tous ces corps plaqués aux murs, fixés aux voûtes.

Robert, oubliant son travail, subissant la mélancolie austère dont il se sentait enveloppé, se laissait entraîner par le torrent des idées tristes, des souvenirs pénibles.

Le froissement d'étoffes de soie sur les dalles l'arracha à cette douloureuse prostration : une femme entrait dans la chapelle.

Avant de s'être retourné et de l'avoir vue, encore tout engourdi par l'inquiétude et les tumultueux sentiments qui venaient de l'assaillir, le jeune homme éprouva quelque chose d'étrange, un violent serrement de cœur, et ses tempes battirent follement. Il passa sur ses yeux une main moite de sueur, tremblante d'émotion, pour chasser les hallucinations : un malheur allait fondre tout à coup sur lui, un événement inespéré allait arriver, il le sentait.

Il entendit les pas se rapprocher. Lâche-

ment sa tête se courba sur son esquisse; il
n'osait pas regarder, il avait peur de voir,
de faire cesser trop vite son incertitude,
son ignorance.

Une ombre se plaça entre lui et la fenêtre, un cri étouffé retentit, et son nom :
« Robert ! » traversa le silence de la chapelle.

Il fut debout d'un seul bond.

« Toi ! toi ! toi ! » cria-t-il sur trois intonations différentes, avec doute, fureur et
désespoir.

Les lèvres glacées, le cœur sautant dans
la poitrine à en briser les parois, il avait
étendu ses deux mains devant lui comme
pour appeler ou repousser une apparition.

« Oui, Robert, c'est moi ! »

C'était elle, la femme dont l'abandon
avait failli le tuer, celle qui avait si impitoyablement brisé son cœur et tué son
bonheur.

Une plainte douloureuse s'échappa de

ses lèvres, et il détourna la tête pour ne plus la voir.

« Robert! Robert! ne m'aimes-tu donc plus? Je t'aime toujours, je t'ai toujours aimé! »

Il recula pour éviter le contact de la jeune femme, qui s'était rapprochée en disant ces mots; une sensation de folie martelait son cerveau; il ne pouvait croire à ce qu'il entendait.

« Non! non! balbutiait-il, vous m'avez rendu trop malheureux; je ne vous aime plus, je ne puis plus vous aimer. »

Il se roidissait contre les lâchetés qui lui montaient du cœur, contre lui-même, car la présence inattendue de cette femme si ardemment aimée éveillait en lui tous les souvenirs enivrants, évoquant mille échos passionnés. L'amour se répandait lente-ment par tout son être, se glissait dans son cerveau, dans ses veines, dans son corps

entier, comme le parfum d'une fleur longtemps enfermée et n'ayant rien perdu de
son arome.

Sans doute elle devinait ce qui agitait le
jeune homme. Faisant un mouvement vers
lui :

« Ne t'ai-je donc jamais donné de bonheur? Ne t'ai-je pas rendu heureux, — autrefois ?

— Autrefois ! »

Cette exclamation jaillit de son gosier,
de son cœur plutôt; mais il n'osa plus rien
dire. Ce seul mot lui remettait devant les
yeux un passé si regretté, si souvent ramené par ses pensées, que sa faiblesse lui
apparut telle qu'elle était : tout le poussait
vers le passé.

« Robert! te souviens-tu ? »

S'il se souvenait! Trop pour son repos,
trop pour la paix de son âme et de son
corps, trop pour son courage et sa raison.

« Pourquoi m'avoir cherché? Pourquoi être venue ici?

— Je ne vivais plus; j'existais, voilà tout, allant sans joie à travers le monde que je détestais; le remords me rongeait. Mais le hasard, une providence, Robert, m'a conduite à Venise pour te retrouver, car je t'aime, je t'aime de toute mon âme, entends-tu? »

— Jeanne! murmura-t-il machinalement.

— Je t'ai cruellement blessé; je t'ai désespéré sans pitié. Oh! je te jure que je souffrais bien cependant, que j'ai bien souffert depuis. Tu as été longuement vengé, Robert ! »

Elle continua de parler, lui expliquant les raisons de cette séparation, les circonstances qui l'avaient forcée à épouser un homme qu'elle n'aimait pas. Le comte de D*** était un mari, une nécessité à laquelle l'obligeaient son nom, sa difficile position de veuve dans le monde où elle vivait. Des affaires les amenaient à Venise ; elle avait eu presque aussitôt connaissance du séjour de son ancien amant dans cette ville ; elle l'avait retrouvé ; elle l'aimait comme autrefois.

Robert, ne comprenant qu'à moitié ce que Jeanne lui racontait précipitamment, fiévreusement, se laissait envelopper et caresser par cette voix si puissante sur lui, par ces accents tendres, émus, si souvent entendus dans des moments d'ivresse, d'amour et de plaisir. Il avait cru oublier, il avait cru enterrer le passé : le passé remontait plus puissant. Il aimait toujours Jeanne.

Pas un instant la pensée de Salomé ne traversa son cerveau.

La jeune femme lui prenant les mains, il céda immédiatement. Elle lui parlait à voix basse, avec ce murmure doux et ten-

dre qui est le gazouillement de l'amour.
Le peintre, doucement ramené vers tout
ce bonheur passé, vers cette ivresse qui
pouvait revenir, la regardait avec une indéfinissable expression, une émotion irrésistible.

Il la retrouvait belle, adorable, comme
au temps de leur bonheur.

Ses cheveux blonds ruisselaient toujours
en boucles d'or sur ses épaules, dont il
devinait, se la rappelant, la blancheur laiteuse sous le tissu mince de l'étoffe; son
front pur, sa peau d'une merveilleuse
transparence, ses grands yeux bleus aux
célestes profondeurs, à l'azur limpide, dans
lesquels il avait si souvent et si longuement
plongé les siens, étaient restés les mêmes,
aussi pur, aussi transparente, aussi bleus!
Leur flamme douce, pénétrante, entrait en
lui pour y réchauffer le passé, pour ra-
viver ses souvenirs, pour lui brûler le cœur.

L'ombre s'épaississait dans la chapelle, la rendant plus vénérable, la vieillissant et la noyant de sa buée; la nuit venait : il fallait se séparer.

En ce moment, sentant que le jeune homme cédait, qu'il se souvenait, que son désespoir s'évanouissait, Jeanne cessa de parler et approcha ses lèvres de la bouche du peintre, sans vouloir songer à l'endroit où ils se trouvaient : un baiser les unit de nouveau.

« Oh! oui, je me souviens! » s'écria Robert qui avait oublié ses souffrances, ses colères, ses haines : il aimait comme autrefois.

VIII

En ouvrant le fatal coffret, Salomé put croire qu'elle avait ouvert une nouvelle boîte de Pandore, sans même la consolation d'y avoir laissé l'espérance.

Pour elle il n'y eut plus de repos, plus de bonheur. Elle connut la souffrance, les douloureuses insomnies, toutes les tortures du doute et de la jalousie. Son amour pour le jeune peintre était réellement capable de la pousser aux excès violents, aux farouches emportements. La seule pensée d'une rivale lui fit plus d'une fois crisper rageusement les doigts sur le manche du poignard turc.

Cependant Robert restait le même et semblait toujours également épris, également heureux. Ce fut alors la juive qui se montra froide, qui glaça volontairement les élans de son cœur et les ardeurs de son sang, ne venant plus aussi souvent au petit palais, cherchant à éprouver son amant, à essayer sur lui l'absence, même l'indifférence, mais sans oser toutefois tenter de le rendre jaloux, de peur de lui faire endurer sans raison ce qu'elle endurait.

Elle s'abaissa jusqu'à l'espionner, inutilement. Robert, ne se doutant de rien, travaillait, allait et venait dans Venise sans autre préoccupation que son art, que son travail, sans soupçonner la surveillance dont il était l'objet.

Cela dura près de deux mois : la jeune
femme n'obtint aucun résultat, ne put
découvrir rien de suspect dans la conduite
de Robert.

Elle avait lu toutes les lettres, entretenant
ainsi sa fièvre et sa haine pour cette femme
inconnue, pour cet amour qui lui paraissait
trop beau, trop vif, pour avoir été totale-
ment oublié par Robert. Certaines expres-
sions passionnées lui trouaient le cœur, et
elle avait dérobé quatre de ces lettres, les
plus ardentes, les plus amoureuses, les
plus compromettantes, prête à s'en servir
pour confondre son amant, pour l'obliger
à parler, pour le forcer à un aveu. De
temps en temps elle les relisait, furieuse,
s'exaltant et les inondant de larmes. Puis,
s'étant fait honte à elle-même, se trouvant
lâche et coupable, elle les remit dans le
coffret : sur elle, ces papiers touchés par
une autre la brûlaient.

Peu à peu, à cause même de sa violence sa jalousie diminua, ne pouvant plus se nourrir, n'ayant plus de raison d'être.

Elle ne pouvait en vouloir à Robert de son passé, à lui, si bon, si gai, si amoureux d'elle, et qui jamais ne lui avait demandé d'explications sur son existence antérieure, qui jamais ne lui avait reproché de s'être si follement, si précipitamment jetée dans ses bras. La réaction se faisait en elle, ses souffrances diminuaient.

L'humeur du peintre n'avait pas varié un moment, pas donné prise pendant une minute au soupçon. Salomé s'était fatiguée, lassée, à lire dans ses traits, à chercher dans ses yeux son malheur, oubliant qu'autrefois elle n'y cherchait que l'affection, n'y devinait que la tendresse.

Elle finit par croire à un amour mort, à quelque passion de jeunesse, tout à fait éteinte maintenant; l'artiste conservait ces lettres machinalement, comme on conserve une fleur séchée, sans aucun parfum, n'ayant plus que le mérite d'un vague souvenir : cela ne pouvait la toucher. Robert était entièrement à elle, sans arrière-pensée et, probablement, n'avait pas ouvert depuis longtemps cette amoureuse correspondance oubliée dans ses papiers. Sans doute le feu des baisers de la juive avait achevé d'éteindre ce souvenir ; il n'en restait plus rien, et elle avait tort de céder aux entraînements de son imagination.

Elle commençait à douter d'elle, à s'accuser de méchanceté et d'injustice. Souvent, dans les bras de son amant, elle fut prise d'explosions de douleur, d'accès de larmes, sans que celui-ci comprît la signification de ces chagrins subits. C'était le remords.

Elle se rassurait.

Un soir, elle attendait Robert.

Il rentra fort tard, pâle, ému, complétement changé. Quand Salomé vint à lui
pour l'embrasser, il la repoussa instincti-
vement, sans réfléchir, et alla s'asseoir
pensif, la tête basse, dans un coin de son
atelier.

La juive le regarda, épouvantée, sentant
dans son cœur une recrudescence de souffrance. Que pouvait avoir le jeune homme ?
que se passait-il ?

Allant à lui et posant ses deux mains
sur ses épaules, elle l'obligea à la regarder
bien en face.

« M'aimes-tu, Robert ? » dit-elle, plongeant ses yeux dans les siens ;

« M'aimes-tu ?

— Certainement ; tu le sais, je n'ai pas
cessé de t'aimer, » balbutia Robert, interdit,
déconcerté et ne pouvant forcer ses lèvres

à prononcer le nom de Salomé, quand un
autre nom enivrait son cœur.

La jeune femme fit :

« Ah ! »

Son front se plissa, ses yeux eurent une
lueur désespérée, un furieux éclair. Ce fut
tout ; elle sortit sans embrasser son amant.

Après être restée huit jours sans revenir,
entrant un matin de bonne heure chez le
peintre, elle le trouva assis devant sa toile
et travaillant.

« Pourquoi n'es-tu pas venue depuis
si longtemps ? dit-il, moitié gai, moitié
inquiet.

— Bah ! ce n'est rien ; j'ai été souffrante. »

Il se remit à peindre pendant qu'elle
l'examinait à la dérobée. Puis elle reprit :

« Ton tableau est bientôt terminé ?

— En effet.

— Alors je n'ai plus besoin de poser,
n'est-ce pas ?

— Non, plus du tout, et ta corvée est terminée, ma pauvre Salomé! répondit-il en riant.

— Tant mieux!

— J'ai seulement quelques motifs d'ornementation à retoucher, et ce sera tout. Aussi je travaille beaucoup dehors maintenant, surtout à Saint-Marc, où j'observe de curieux effets de lumière et d'ombre. »

Elle le regardait tandis qu'il parlait, étudiant ses yeux, son front, le moindre plissement de ses lèvres, le plus léger battement de ses paupières. Tout cela cachait pour elle un secret, un mystère qu'il lui fallait deviner.

La journée se passa ainsi entre eux. Vers quatre heures Robert se leva :

« J'ai besoin de sortir.

— Tu vas à Saint=Marc? demanda Salomé.

— Peut-être; mais auparavant je dois

me rendre chez mon marchand de couleurs, près de l'Académie; viens-tu avec
moi?

— Non ! mon père m'attend. Je retourne
au Ghetto. »

C'était la première fois qu'elle faisait
allusion au vieux juif depuis le commencement de leur liaison.

Désormais l'existence de la jeune femme
fut un supplice de tous les instants. Robert
la trompait, elle en était sûre; toutes ses
allures le trahissaient.

De nouveau des ardeurs de vengeance
brûlèrent son sang; elle le suivit elle-
même, elle paya des hommes du peuple
pour lui rendre compte de la conduite de
son amant, et ne retourna plus au petit
palais.

IX

Tous les jours, vers cinq heures de l'après-midi, Robert arrivait devant la basilique de Saint-Marc. A ce moment la façade prenait un aspect véritablement féerique...

Le soleil, à moitié descendu derrière le Palais-Royal, l'un des côtés du quadrilatère de la *Piazza di San Marco,* et, lançant des rayons tout à fait obliques sur les curieuses cheminées de Venise, dorait alors les cinq coupoles de l'église comme dans

13.

le tableau de Gentil Bellin, après avoir
successivement fait étinceler les quatre
chevaux de cuivre doré et vert qui piaffent
au-dessus du principal arceau, la grande
verrière du centre et le lion d'or sur
champ d'azur, escarboucle fichée au fron-
tail du monument.

Ayant traversé la profonde obscurité du
péristyle, le peintre pénétrait dans le sanctuaire.

Tandis que le bas entrait déjà dans la
gamme noire avec ses dégradations de
nuances et ses tons fondus, toute la partie
supérieure de l'église resplendissait encore
sous les flèches de pourpre, sous la poussière flambante de l'astre couchant. Les
ors miroitaient, les figures s'animaient, la
mosaïque vivait, offrant l'éblouissant four-
millement de ses verreries, de ses micas,
de ses teintes harmonieuses, et donnant le
spectacle inouï d'une foule de saints s'as-

semblant et causant. C'était comme un coin de ciel entr'ouvert pour terrifier et charmer à la fois les mortels : toutes ces béatitudes se pressaient, roides et énigmatiques dans leurs poses diverses, autour de l'impassible majesté du grand Jéhovah assis à la voûte du chœur.

Au-dessous de cette fugitive irradiation, dont la décroissance graduée donnait le mouvement à la procession des prophètes et des apôtres alignés sur les murs, au-dessous de ces lueurs perçant les voûtes et plongeant leurs regards de feu, leurs traînées de poudre remuante, par les petites fenêtres cintrées, par les orbes émaillés de la coupole centrale, les ténèbres s'épaississaient peu à peu, faisant de grandes ombres sous le maître-autel, étrange baldaquin de vert antique, soutenu par des colonnes de marbre grec sculptées, et ressemblant à une mosquée.

Le crépuscule montait, coulant le long des colonnes dont il adoucissait les contours, éteignant la vivacité trop crue des marbres, harmonisant les couleurs les plus éclatantes et les plus diverses, se glissant sous l'architrave et baignant les pieds des quatorze statues qui la surmontent. Sortant du sol, la nuit emplissait les bas-côtés où se trouvent les chapelles, le trésor de Saint-Marc avec sa gracieuse porte arabe, l'autel de la Vierge des Mâles, l'arbre généalogique de Marie, envahissant également la base des deux chaires ou ambons, l'une carrée et nue, du haut de laquelle les doges parlaient au peuple, l'autre en forme de minaret. Une teinte uniformément sombre noyait les tribunes du chœur, les loges des Inquisiteurs, du Conseil des Dix et du Conseil des Trois, se généralisant, se répandant partout avec une sorte de douceur lente et traîtresse, de progression muette.

Çà et là un cierge pointait sa flamme
jaune, hésitante, au bout de laquelle tremblait la fumée noire dont la brume estom-
pait le visage saignant d'un Christ, l'auréole d'un saint Marc, ou cette étrange
chrysalide que les Italiens adorent sous le
nom de *Bambino,* un Enfant Jésus sans
bras ni jambes, emmaillotté des plus pré-
cieuses étoffes et cravaté de colliers de
pierreries.

Les grandes lampes de cuivre ciselé, les
suspensions de bronze à jour, arrêtaient le
regard, tombant dans la pénombre du
bas, dans la demi-clarté du centre, tandis
que leur chaîne ouvragée allait se perdre
dans la lumière hésitante du plafond, dans
les reflets colorés du vitrage de la façade.

Devant les différentes chapelles, des
groupes de femmes se prosternaient sur la
mosaïque qui dalle toute la basilique, onduleuse, remuée comme par une houle

constante, donnant le vertige de la mer et l'illusion de la vague avec ses creux et ses renflements.

Quelque part une voix de prêtre, monotone, basse, avec ses intonations régulières et assourdies, mettait une note plus chaude, plus humaine dans l'imposant silence de l'édifice, et des nuages d'encens s'élevaient impalpables, roulant mollement leurs flocons parfumés, qui formaient des guirlandes, s'accrochaient aux volutes des chapiteaux, finissant par se confondre dans l'unique tonalité des ombres au creux des ogives.

Lentement le peintre parcourait l'église, dont il connaissait pourtant bien toutes les pierres, bijoux artistiques, toutes les beautés, tous les émerveillements.

Mais, une préoccupation nouvelle l'attirant en ce lieu, lui tenant le cœur et le cerveau, son admiration était moins entière,

moins absolue, moins dégagée de toute
matière pour ce qui l'entourait; il ne cédait plus autant à l'émotion grandiose qui,
tombant de ces voûtes sur ses épaules,
fondant sur lui de toutes parts, l'écrasait,
exaltait ses facultés et soulevait autrefois
dans sa poitrine des bouillonnements d'enthousiasme... Il rêvait d'amour terrestre
au milieu de ce rêve paradisiaque.

Ses regards cherchaient au milieu des
groupes, fouillaient l'ombre des piliers;
puis tout à coup une forme féminine, se
détachant de quelque coin inaperçu, d'un
angle plein de ténèbres, venait à lui...

Sa figure s'illuminait d'un éclair de bonheur, son cœur battait; il reconnaissait
Jeanne, non plus la comtesse de D..., mais
sa Jeanne à lui, la femme qu'il aimait,
celle qu'il avait retrouvée aimante comme
autrefois, et à laquelle il pardonnait tout,
aveuglé par la joie.

Chaque jour ils se donnaient rendez-vous à Saint-Marc. Là ils étaient sûrs de se voir sans être dérangés, sans avoir à redouter les soupçons d'un mari, les jalousies d'une maîtresse. Cette ombre, cette discrétion, ce lieu saint, déroutaient toute surveillance, empêchaient toute poursuite... La comtesse venait prier; Robert Pannamère travaillait habituellement dans la basilique. Nulle indiscrétion ne pouvait les trahir.

Il avait surtout craint d'être surpris par Salomé, dont la colère aurait des éclats dangereux, de terribles suites; mais il savait la juive trop scrupuleuse, trop profondément imbue des préjugés de sa race, des exigences de sa religion, pour venir le trouver dans une église chrétienne.

Tout contribuant donc à le rassurer, i se donnait entier au plaisir de revoir la seule femme qu'il aimât véritablement,

celle qu'il n'avait jamais cessé de regretter
ni d'aimer. La passion de la juive avait pu
l'étourdir un instant, le tromper même à
cause de sa violence; il voyait maintenant
combien il s'était mépris en prenant pour
de l'amour cette ivresse des sens subie
dans ses bras. Il aimait Jeanne.

Leurs entrevues avaient une douceur
mystique et voulue, quelque chose d'é-
trange et de tendre à la fois qui se ressentait forcément de l'endroit où ils se ren-
contraient : la sainteté du lieu jetait sa
glace sur leurs amoureux élans, sur leurs
ardeurs passionnées.

Dans les commencements ils prirent
plaisir à cette impression nouvelle, à ce
mysticisme planant sur eux, s'interposant
entre leurs paroles et les empêchant de se
livrer à aucune démonstration ardente.
Sans être religieux, sans même s'occuper
des emblèmes sacrés qui s'élevaient autour

14

d'eux, ils en subissaient invinciblement l'influence, mesurant leurs gestes, leurs paroles, éteignant la flamme de leurs regards et glaçant le feu de leurs lèvres... Ne pouvant s'abandonner à la félicité du présent, ils causaient du passé, du bonheur d'autrefois et aussi des souffrances de la séparation.

Quand la nuit se faisait plus noire, que les ténèbres cachaient les grands saints, les mosaïques d'or, et que la pâleur jaunâtre des veilleuses, piquant par place l'obscurité, en augmentait encore l'épaisseur, ils se quittaient et sortaient de l'église chacun par une porte différente.

Mais ils se lassèrent bientôt de cette contrainte, de cette froideur forcée : désirant plus de liberté, ils commencèrent fatalement à commettre des imprudences.

La comtesse, grâce aux affaires qui obligeaient son mari à de fréquents voyages à

Trieste ou dans le nord de l'Italie, était
absolument libre. Robert, ne voyant plus
Salomé que de temps en temps, par suite
de raisons prétextées par la juive sans que
son amant songeât à les combattre ou
même à se les expliquer, donnait la plus
grande partie de ses journées à Jeanne.
Ils oublièrent que le malheur pouvait tout
à coup fondre sur eux et briser leurs
amours.

Continuant à se servir de Saint-Marc
pour se retrouver, ils traversaient la basilique en entrant par la *Piazza*, sortaient par
une porte de côté et prenaient une gondole fermée, à l'abri des regards indiscrets,
pour aller faire de longues promenades et
cacher au loin leurs ivresses. Quand la
gondole se trouvait au large, dans le voisi-
nage du jardin public, de l'île San Pietro
ou du Lido, ils ouvraient les volets du

felze, avides de respirer l'air salin et de se laisser caresser par la brise.

Un soir, revenant du Lido, et penchés à l'une des fenêtres, ils admiraient ensemble un magnifique coucher de soleil sur Venise, sans que le jeune homme se rappelât les circonstances dans lesquelles il avait, un mois ou deux auparavant, souvent fait le même trajet. Dans un moment de communicative expansion, Robert, enlaçant doucement Jeanne, échangea avec elle un fiévreux baiser. L'amour et la volupté liaient leurs bouches dans un même enivrement.

Une faible exclamation, retentissant soudain près d'eux, les arracha à leur extase. Une gondole, frôlant presque leur embarcation, glissa comme une flèche et les dépassa, se dirigeant vers la ville.

Ils se regardèrent interdits, un peu pâles tous les deux.

Le peintre essaya vainement de voir la personne qui occupait l'autre barque; elle filait sous l'impulsion de ses deux rameurs, et les volets, soigneusement rabattus, empêchaient tout regard de pénétrer dans l'intérieur.

Ils revinrent inquiets.

Lorsque Robert fut seul, il interrogea ses gondoliers pour savoir s'ils avaient reconnu le possesseur ou l'habitant de la gondole qui les avait dépassés. L'un d'eux lui répondit, sans se douter de la portée de ses paroles et avec l'expression du plus profond mépris :

« *Niente, niente, Signor : una Ebrea!*

(Ce n'est rien, rien, Monsieur : une juive !) »

14.

X

Un soir, vers huit heures, Salomé, à l'aide de la clef qu'elle avait conservée, entra dans l'atelier de Robert Pannamère, après s'être assurée que celui-ci était absent.

La lune se voilait de gros nuages courant rapidement et se laissait à peine deviner au-dessus du dôme de *la Salute*. Tout étant noir sur l'eau, la lagune paraissait immense, insondable, piquée seulement

çà et là d'un point brillant qui glissait sur
elle, étoile mouvante, gondole armée de
son falot. Au loin une cloche pleurait, mélancolique et solitaire, et son frissonne-
ment arrivait porté par l'eau, se prolon-
geant sans fin sur la mer.

Un gai tapage montant du Grand Canal,
avec des alternances de voix et d'instru-
ments, attira la jeune femme au balcon du
palais : souvent avec son amant elle avait
ainsi admiré les belles nuits du Canal.

Sous les fenêtres passait une sérénade,
la première barque portant des feux de
Bengale rouges, la seconde, ornée de lanternes de couleur, chargée de musiciens et
de chanteurs ; puis, derrière, tout autour,
la foule confuse des gondoles se pressant
les unes contre les autres et suivant les
donneurs de sérénade.

La clarté fit flamber les vitres, illumina
un instant les profondeurs sombres du

Grand Canal, puis s'effaça peu à peu à mesure que le chant décroissait et s'éteignait.

Tout s'endormit dans la nuit.

Salomé, penchée au balcon, regardait passer ces joies; elle poussa un profond soupir.

Rentrant dans l'atelier, elle y resta à peine quelques instants, et ressortit, cachant sous son voile un petit paquet; ses yeux brillaient et ses lèvres étaient blanches.

XI

Le soleil allait se lever.

Un homme, correctement vêtu de noir, débouchant d'une petite allée verdoyante et touffue du Lido, sauta dans une embarcation amarrée à l'un des pieux du rivage qui fait face à Venise ; il jeta à ses gondoliers l'adresse de son hôtel, un illustre nom du Grand Canal :

Palazzo Giustiniani.

Rien n'était éveillé dans l'île. Les res-

taurants et les guinguettes dormaient, volets clos, fenêtres fermées, sans éclats de
rire sous leurs bosquets, sans chocs de
verres ni folles chansons, paresseusement
ensevelis au milieu de leur épaisse enveloppe de verdure : la rosée perlait sur les
feuilles alourdies, et nulle part le murmure
de la vie ne se faisait sentir.

La gondole, toute noire, avec le drap de
son *felze* complétement rabattu lui donnant
l'aspect funèbre d'un cercueil, disparut,
muette et sinistre, sous les vigoureux
coups de rame de ses barcarols, ne laissant
derrière elle qu'un mince sillage d'argent.

Du côté opposé, sur la plage aride, sa-
blonneuse, avec ses entassements de dunes
la bossuant par places et sa longue surface
plane baignée par la mer, un gondolier
accroupi soutenait sur ses genoux la tête

d'un jeune homme dont une affreuse pâleur blêmissait le visage.

Ses yeux gardaient une douloureuse fixité, une immobilité implacable ; une contraction entr'ouvrait ses lèvres, qui remuaient faiblement, aspirant la brise humide apportée du large, tandis que ses deux mains crispées appuyaient un mouchoir rougi sur sa poitrine, dans l'écartement de la chemise également teinte de sang.

A quelques pas gisait sur le sable l'épée de combat échappée de ses doigts défaillants.

Au loin, tout à l'horizon, de petits nuages nacrés, purpurins, ayant des formes de coquillages et des transparences tachées de garance, de laque et de carmin, s'élevaient au-dessus de la ligne de mer, précurseurs de l'astre levant, se nuançant des teintes les plus tendres et mettant leur reflet dans le bleu profond des vagues. L'Adriatique,

15

avec un lent et continu murmure, grandiose
soupir de la mer qui s'éveille, s'avançait
de tous côtés, majestueuse, calme, puissante, et venait mourir en une seule lame
bordée d'écume, s'écroulant en pluie fine
sur la grève blanche, où miroitaient déjà
les tons roses de l'Orient.

La fraîcheur de l'eau arrivait jusqu'à
l'homme étendu en face de ce merveilleux
spectacle du jour naissant. Soupirant avec
effort, il se redressa un peu, aidé par le
gondolier, et regarda cette nature qui allait
revivre, parée de tous ses atours, forte de
toutes ses beautés.

Derrière lui, au centre de l'île, un fré-
missement courait dans les massifs verts;
les feuilles se secouaient une à une, les
branches remuaient comme des oiseaux
agitant leurs plumes avant de déployer
leurs ailes et de chanter : un frisson uni-
versel se répandait du brin d'herbe à

l'arbre. L'hymne du réveil commençait.

L'homme serra plus étroitement sur la blessure de sa poitrine le linge qui ne suffisait plus à arrêter le sang : sous son corps le sable rougissait, la tache de pourpre s'élargissait de minute en minute, et il sentait la vie le quitter insensiblement. Quand tout, autour de lui, parlait de joie, de réveil, de vie, il allait lui seul s'endormir de l'éternel et grand sommeil. Une expression désespérée passa sur ses traits, fatigués par l'agonie et soudainement vieillis par la souffrance ; ses prunelles agrandies semblèrent vouloir une dernière fois s'emplir des enchantements de la nature, des charmes de la vie : il buvait des yeux tout ce qu'il pouvait voir encore, tandis que, péniblement, le râle s'accentuait dans sa gorge, tandis que sa poitrine se soulevait, avide d'air pur, de fraîcheur, de soulagement.

Subitement une mince bande de lumière

sortit de la mer; les premières flèches du
soleil, après avoir doré la cime des
arbres du Lido, vinrent presque aussitôt
frapper le visage livide du blessé. Il sou-
pira plus fort et sa main s'agita comme
pour saluer l'astre qui se levait.

Les vagues, dans leur insensible mou-
tonnement, dans l'ondulation qui les pré-
cipitait vers la terre, paraissaient charrier
de l'or en fusion, d'éblouissants monceaux
de pierreries; leur bleu disparaissait sous
l'aveuglante irradiation des paillettes : tout
s'illuminait, tout flambait, et la chaleur,
commençant à attiédir la brise, lançait sur le
monde un courant fécondant et générateur.

En ce moment, sortant de l'épaisseur
des petits bois, une femme s'avança en
courant dans la direction du blessé.

« Robert! Robert! » dit-elle avec un
accent déchirant en reconnaissant le jeune
homme.

Elle interrogea du regard le gondolier ; celui-ci secoua tristement la tête.

« Oh ! c'est épouvantable ! c'est horrible ! j'arrive trop tard ! »

Salomé tomba à genoux sur le sable, n'osant s'approcher du malheureux et cachant sa tête dans ses mains : les larmes la suffoquaient.

Le peintre ne l'avait pas reconnue ; ses traits se contractaient, et il s'affaiblissait progressivement. Quelques paroles entrecoupées, hésitantes, incertaines, s'échappaient de sa bouche : c'étaient des regrets, des lamentations, des appels à tous les rêves qu'il avait faits, à la gloire. Et, comme un monotone refrain, une réponse ironique, il ne cessait de répéter :

« Rien ! rien ! ce n'est qu'une juive ! »

Salomé l'écoutait sans l'interrompre,

15.

sans protester, écrasée par le remords et le désespoir, se laissant enfoncer dans le cœur et dans le cerveau tous ces cris d'angoisse, toutes ces plaintes d'agonisant, tous ces mots douloureux.

Puis, dans une sorte de délire, d'hallucination suprême, Robert parla du coffret fatal, de la prédiction du juif, de cette terrible malédiction attachée à l'héritage de la danseuse homicide. Ses yeux égarés fixaient un point invisible, et ses mains, s'écartant de sa poitrine, s'étendaient devant lui :

« Je la vois, disait-il, se souvenant des paroles du brocanteur, je la vois, la vapeur sanglante ; elle s'échappe du coffret entr'ouvert ! Elle monte autour de moi, elle m'enveloppe, hideuse, étouffante. C'est la mort qui vient ! »

Une crise tordit ses membres ; de nouveau ses mains s'appuyèrent à sa blessure comme pour retenir la vie près de s'échapper par les lèvres de la plaie.

« Est-ce donc bien véritablement moi qui l'aurai tué? Quel démon, quelle folie me poussaient! s'écria la juive, ne pouvant contenir ses sanglots et assistant désespérée à cette affreuse agonie.

« Robert! je t'aimais trop : la jalousie m'a seule fait commettre un pareil crime. Oh! ne meurs pas; ce forfait me poursuivrait éternellement. Robert! je ne saurais te survivre : ta tombe en s'ouvrant ouvrira la mienne! »

L'accès de délire qui avait envahi le cerveau du jeune homme se dissipait peu à peu; reprenant quelques forces et rassemblant ses esprits, il reconnut la juive.

Celle-ci le comprit à l'expression de ses regards :

« Pardonne-moi, Robert, je suis bien coupable. Quand je t'ai vu embrasser une autre femme, quand j'ai appris que tu ne m'aimais plus, la colère m'a égarée. Je connaissais ton secret, je savais ton amour ; j'ai pris dans le coffret les lettres de cette femme et je les ai envoyées à son mari. Comprends-tu à quel point je suis infâme ? Comprends-tu pourquoi je réclame de toi un pardon que je ne mérite même pas ? »

Une nuance de tristesse passa sur les traits du peintre :

« C'est toi, pauvre fille ; je l'avais pensé ! Ce devait être toi, en effet ; je ne puis t'en vouloir d'avoir fait cela. Je te trompais, tu t'es vengée !

— En te frappant, je me suis frappée moi-même, Robert. Ma lâche vengeance retombe sur moi.

— Tu suivais ta destinée, Salomé. J'ai eu tort de me montrer incrédule, de rire des paroles de ton père ; tu vois, il avait raison : le coffret est mortel, mortel ! »

Ses pensées s'égarèrent de nouveau :

« Salomé ! Salomé ! toujours fatale aux chrétiens, c'est toi qui me tues : j'aurais dû le pressentir. Grâce à elle, l'arme meurtrière a été dirigée contre moi, comme elle le fut contre saint Jean-Baptiste ! »

Une convulsion le rejeta en arrière, roidi, crispé : lentement une mousse rouge s'étendit sur ses lèvres, tachant l'émail de ses dents, et la bave sanglante traça son sinistre filet de pourpre aux coins de la bouche. L'instant suprême approchait.

Le cœur brisé, affolée, la juive se pencha sur lui pour avoir encore son regard, sa pensée. Une dernière fois Robert ouvrit largement les yeux ; ces mots s'envolèrent, emportés dans un soupir :

« Jeanne ! adieu ! »

Et sa tête s'écrasa pesamment sur le sol, dont le sable fin se creusa sous le choc.

« Elle ! toujours elle ! Ah ! je suis maudite. Il n'a pas trouvé un adieu pour moi qui l'adorais, et le voilà mort! C'est fini : pourquoi vivre encore? La tombe seule peut nous réunir. »

Tirant alors de son corsage le poignard turc qu'elle avait pris chez Robert en même temps que les lettres de Jeanne, et une exaltation sauvage s'emparant d'elle :

« Pour moi aussi la mort sortira du coffret : fatal à ta race, Robert, il le sera également à la mienne. »

Elle relut les caractères tracés sur la lame, dont le reflet bleu avait de froides lueurs sous les rayons du soleil levant :

« Tu donnes l'oubli, dis-tu? Viens donc à mon aide, j'ai tant besoin d'oublier ! »

Sa main n'eut pas une hésitation, pas un tremblement en enfonçant l'arme. Frappée au cœur, la juive tomba sur le cadavre de Robert, l'enlaçant de ses bras.

Au moment où le globe entier émer-
geait de l'Adriatique, Salomé mourut.

. . . .
. . . .
. . . .
. . . .
. . . .
. . . .
. . . .
. . . .
. . . .

Sortant des lagunes par la passe de
Malamocco, un bateau à vapeur entra dans
l'Adriatique.

Sur le pont, près de la machine, se
tenait un homme vêtu de noir; à quelques
pas de lui, une femme, appuyée au bastin-
gage et tenant un mouchoir qu'elle portait
fréquemment à ses yeux, contemplait la
silhouette décroissante de Venise.

Tout à coup l'homme, se rapprochant

de la passagère, lui désigna un point de la plage du Lido où se voyait un rassemblement confus, et lui dit quelques mots.

Celle-ci, avec un cri déchirant, tomba à la renverse, évanouie.

C'était le comte de D... se rendant à Trieste avec sa femme.

* *
* *

Il est au Lido un endroit sauvage, solitaire, délaissé, où par les nuits d'hiver le
vent souffle lugubrement, où les herbes
poussent maigres et rares autour de pierres
couvertes de caractères étranges, de syllabes qui surprennent l'œil et inquiètent
l'esprit comme les hiéroglyphes de Thèbes,
les inscriptions cunéiformes d'Assyrie ou
les runes scandinaves. Parfois, dans les
tempêtes, la rafale apporte jusque-là un
peu d'écume marine, la crête d'une vague.

16

Ces stèles abandonnées, ces informes granits, sont des tombes juives.

Là, à l'angle le plus éloigné du cimetière, s'élève un petit monticule sablonneux ; une pierre fruste le surmonte, ne portant que ces mots hébreux :

מזל רע

A jamais réunis par leur mauvais destin, comme l'indique cette laconique inscription, Robert et Salomé reposent sous ce tumulus.

Battue des ouragans, méprisée des visiteurs, dont le pied la foule rarement, la pierre s'émiette et s'effrite peu à peu en face de l'Adriatique.

Robert Pannamère ne laissait à Venise ni parents ni amis, personne qui s'intéressât à lui, personne qui pût se préoccuper de sa vie ou de sa mort : il avait vécu isolé, il mourait isolé.

Sa tombe même le sépara encore du monde.

A la vente des objets qui lui avaient appartenu, un vieux juif du Ghetto racheta en bloc les étoffes et les bibelots du peintre français. Ce fut ainsi que le coffret de Salomé, sa sanglante mission terminée, rentra de nouveau dans la famille d'Hérode.

FIN.

A PARIS

DES PRESSES DE D. JOUAUST

IMPRIMEUR BREVETÉ

Rue Saint-Honoré, 338

DU MÊME AUTEUR :

Octave (Scènes de la vie parisienne au XIX° siècle),
1 vol. — Chez H. Ladrech et C° éditeurs, 210, rue
Saint-Honoré.

La Sirène (Souvenir de Capri), 1 volume. — Chez
E. Dentu, éditeur, galerie d'Orléans, 17 et 19, au
Palais-Royal.

Le Cécube de l'an 79, plaquette — Chez Aug. Ghio,
éditeur, galerie d'Orléans, 28, au Palais-Royal.

1881. — Paris, imp. Jouaust, rue Saint-Honoré, 338.

www.ingramcontent.com/pod-product-compliance
Lightning Source LLC
Chambersburg PA
CBHW070850030726
47504CB00005B/1293